# Puta y Perfecta

PERLA GIZEM

ISBN: 0-9998365-5-2
ISBN-13: 978-0-9998365-5-2

# DEDICATORIA

Dedicado a esa diosa del amor que habita en cada una de nosotras, y que nunca cesa de guiarnos. ♥

# TABLA DE CONTENIDO

# RECONOCIMIENTO

A mi grupo de apoyo incondicional, especialmente al artista gráfico que no descansa hasta que todo esté listo.

# 1. EL IMPULSO

-"Entonces, cuando el león se acerca a la hembra lo hace con cautela, para asegurarse de tener un contacto tranquilo. Mientras tanto, la hembra parece esperar ansiosamente el encuentro, aunque este sea relativamente corto. Los rituales de apareamiento entre esta especie son, sin duda, fascinantes".

Justo en ese momento, la pantalla del televisor desplegó una escena bastante explícita. El contexto de seguro era la sabana de algún país exótico, una leona echada en el suelo, entre la maleza, y un león posicionándose detrás de ella para montarla.

-"En efecto, se trata de una copulación rauda, pero no podemos dejar lo que mencionamos anteriormente: la fascinación del deseo y la manifestación del mismo en el reino animal".

Con los ojos abiertos, Mariana se quedó mirando la pantalla perpleja. Por alguna razón se quedó tan concentrada que no pudo creer que se tratara de algo que le hiciera sentir la necesidad de quedarse allí, como si el resto del mundo no importara.

Pero eso no fue todo, por supuesto. El documental que estaba observando, también trató sobre esos rituales sexuales entre los monos. Se quedó impresionada del parecido que tenían con los seres humanos, al punto que aquello le causó un poco de turbación.

Tomó el control, apagó el televisor y se echó hacia atrás. Hizo un largo suspiro y se quedó pensando en esa fascinación por retratar constantemente el sexo en general. Se recordó a sí misma que lo seres humanos realmente somos curiosos y que siempre existirá la necesidad de explorar e indagar mucho más sobre los impulsos, especialmente de los carnales.

Hay algo, como una especie de aura de misterio que rodea esas cuatro letras. Es algo sencillo, banal, primitivo, pero a la vez tan esencial que marca la pauta de muchas cosas.

-¿Te quedaste pensando otra vez en tonterías? —Escuchó justamente detrás de su oreja.

-¡Ay! ¿Por qué siempre me asustas así? Qué pereza.

-Venga, las muchachas están por llegar y sería bueno que socializaras un poco, para variar.

Mariana no le quedó más remedio que hacerle caso a su hermana Isabel, ya que justamente estaban por llegar un grupo de amigas para tomar unos tragos y hablar de hombres.

Entonces se levantó del sofá y fue dando algunos pasos hacia el espejo que estaba en la entrada de su departamento. Uno ancho, con bordes de madera y prístino. Se miró y procedió a acomodarse el vestido negro ajustado de franela y el cabello corto negro tipo pixie.

Comenzó a detallarse un poco en ese rato que estuvo allí. Era una mujer de unos 35 años, morena, alta y con una figura que muchas mujeres envidiarían. No estaba casada porque pensaba que no necesitaba una alianza ni un papel que la obligaran a tener un compromiso con alguien.

Se acercó un poco más y se percató de las ligeras arrugas en las comisuras de los ojos, y las cuales parecían hacer compañía de las pecas en sus pronunciados pómulos. Eran pequeñas, mínimas, pero eso no pareció incomodarla porque de verdad estaba muy contenta por cómo se veía. Sus ojos grandes y cafés se pasearon por su reflejo y se sonrió a sí misma. Estaba lista para los invitados.

-Sé que te ves monísima, pero sería bueno que me ayudaras con esto porque estas mujeres siempre tienen hambre.

-Vale, vale.

Isabel llamó a su hermana para que acomodaran los quesos y los trozos de pan sobre una tabla de madera que había comprado recién para reuniones. Lo cierto es que ambas estaban entusiasmadas porque se trataba de un encuentro que habían pactado desde hacía mucho tiempo.

Aunque las invitadas se trataban más de las amigas de Mariana, Isabel estaba allí porque era muy unida a su hermana y porque le encantaba socializar. De hecho, siempre estaba rodeada de grupos de personas y amigos que disfrutaban de su compañía y de sus buenos chistes. Le encantaba ser el centro de atención y de hacer reír a los demás.

Sin embargo, lo más curioso de las dos, era que lucían muy diferente entre sí. Si bien Mariana era la chica alta, tipo modelo, Isabel era la de las curvas. Una cintura pequeña, y piernas anchas, la hacían ver como esas mujeres de las portadas de revistas de trajes de baño. De tez más oscura y de cabello largo, negro y con ondas, ella tenía esa estampa caribeña capaz de robar miradas en la calle. Aunque a veces actuaba como una niña, sólo era menor que su hermana por cinco años.

Seguían ocupadas en lo suyo hasta que sonó el timbre. Mariana hizo casi un sobresalto y dejó lo que tenía en las manos para abrir. Se encontró de nuevo con el reflejo de ese ancho espejo y abrió la puerta.

Un gran grito interrumpió la música de fondo por la euforia que se había manifestado en ese momento. Ambas amigas se abrazaron con fuerza y se quedaron allí por un rato.

-Pasa, pasa. –Dijo Mariana- Esta noche la pasaremos muy bien.

Lo cierto fue que con el paso de los minutos, las amigas fueron llegando poco a poco. En el pequeño, pero elegante departamento de Mariana, en el centro de la ciudad, ya se oían las risas y los chistes de mujeres que por fin logran reunirse.

-La verdad es que me hacía falta esto. Entre los niños y el trabajo, no he tenido tiempo para nada. Llego tan cansada que sólo quiero abrazar mi almohada.

-¿En serio? Bueno, en mi caso tengo que prepararme porque Julián siempre quiere tener sexo. Si no lo hago, tengo la sensación de que me dejará más pronto que nunca. —Mencionó la rubia.

-¿Tanto así? —Preguntó Mariana, genuinamente preocupada.

-De verdad, de hecho tuve que ir a una sex shop para comprar algo para celebrar su cumpleaños. Te cuento, ese día tenía tanto sueño que confundí un vibrador anal con un juguete para perro. Pasé una pena terrible con la chica que estaba atendiendo.

-¿Y en qué quedó eso?

-Pues, compré unos cuantos accesorios y fui corriendo a la casa a tomar un baño y a arreglarme. La intención era recibirlo en cueros pero casi me llevo el susto de la vida porque, en cuanto abrió la puerta, entró con los amigos. Tuve que correr como loca a la habitación… Sí, sí. Es terrible, ni lo digan.

-Pero hay algo que me llama la atención. ¿Por qué tienes esa sensación de tener sexo con él? ¿Por qué crees que te va a dejar? —Por alguna razón, Mariana estaba genuinamente intrigada por la situación.

-Bueno, no sé si le pasará lo mismo al resto de las chicas, pero creo que esa es una sensación que muchas tenemos. Verán, la cuestión es que cuando eres joven y estás empezando una relación, crees que sólo será sexo y comida, nada más. Por supuesto, después vendrá el compromiso y toda la cosa, pero la cuestión es que no es lo mismo porque caes en una rutina.

-Te entiendo, sucede con mi esposo y los chicos. Me sacan tanta energía que sólo tengo fuerzas para tomar una ducha y ya.

-Es igual, querida. Igual. Además, tu mente está ocupada con las responsabilidades, no existe un descanso y una tiradita de cinco minutos a veces es más que suficiente. —Sentenció la rubia al terminar de beber un poco del vino de su copa.

Isabel estaba negando con la cabeza puesto que no podía creer en las palabras de esas mujeres. Dentro de su mente albergaba la esperanza de que no todas las relaciones fueran del mismo tenor. No todas las dinámicas eran iguales... Al menos para ella.

Por otro lado, Mariana estaba más bien en silencio, pensativa. Tenía la costumbre de reflexionar las palabras de la gente, pero esa conversación le causó un profundo impacto. Por alguna razón, le despertó una especie de fascinación al respecto.

-Entonces, ¿de verdad es un temor real? ¿Crees que perderás a tu esposo por no convertirte en la mejor amante del mundo?

-Mira, la verdad es que muchas pensamos en ello. En ciertas ocasiones siento que debemos ser una especie de diosas sexuales, capaces de dar placer por horas y horas y luego terminar bañadas, en no sé, purpurina y luz radiante. El problema está en que vivimos en un mundo en donde se idealizan las relaciones y el sexo. Sí, coger es divino, increíble, pero eso está colocado en una especie de pedestal y siento que no debería ser así.

Todas se quedaron un momento en silencio, reflexionando sobre aquellas palabras que sin duda tenían algo de cierto.

La mujer con hijo, al ver que todas estaban un poco en silencio, se atrevió a agregar:

-Quizás nos ayude una especie de manual que nos diga cómo entender a los hombres y qué hacer para que nos amen incondicionalmente. Algo que nos haga sentir que tenemos las herramientas para lograrlo sin caer en la desesperación.

-Oye, pero eso suena a casi un milagro.

-Lo sé, lo sé. Pero es posible que exista una pequeña posibilidad al respecto. Además, creo que no sería tan malo después de todo. La posibilidad de convertirnos en una diosa sexual, quizás nos de la ayuda para emprender un viaje personal en pro a nuestra sexualidad. Eso no estaría de sobra. ¿Qué creen?

Por alguna razón, Mariana sintió que el universo le estaba hablando y más porque esas palabras calaron muy hondo. Desde hace tiempo estaba buscando una razón para emprender una aventura en búsqueda de respuestas y parece que se le estaba presentando la oportunidad perfecta. Sólo sería cuestión de aceptar y hacerlo sin pensarlo demasiado.

-Pero no pongan las caras tristes, chicas –interrumpió Isabel-, ¿qué tal si nos tomamos este vinito que está bien rico y dejamos de llorar un rato? Se supone que debemos celebrar que estamos juntas y que la estamos pasando bien, ¿no?

Todas, como si estuvieran sincronizadas, hicieron un largo suspiro y miraron las copas. Las cinco mujeres las tomaron y las alzaron porque las palabras de Isabel eran ciertas. Había que celebrar que al menos tenían un espacio para respirar un poco entre tanta rutina.

La reunión salió mucho mejor de lo que habían esperado. Las hermanas permanecieron juntas hasta que despidieron a la última asistente entre besos, abrazos y la promesa de que se volverían a ver pronto.

-Yo también me voy, tengo que ir a la agencia mañana temprano por una reunión. Qué molesto eso.

-Vale, avísame cuando llegues a casa. –Respondió Mariana un poco taciturna.

-¿Estás bien? Sé que eres un poco callada y todo pero esta vez, particularmente, estuviste en silencio. De hecho, tienes varios días así.

Mariana miró a su hermana y de repente tuvo ganas de hacerle una enorme confesión, sin embargo, no le pareció pertinente porque no era el momento ni tampoco el lugar.

-No te preocupes, sólo tengo la mente que me está dando vueltas y tengo que poner en orden algunas cosas.

-Mmm, vale. Te llamaré entonces. Descansa.

Se dieron un brazo y Mariana siguió a su hermana con la vista hasta que subió uno de los elevadores. Tras un suspiro entró al departamento para terminar de arreglar las cosas.

Fue directamente a la cocina blanca, pequeña y abierta. Miró la encimera de granito oscuro y estiró la mano para tomar el tablón redondo que había comprado su hermana y los trozos de queso que quedaron de la reunión. Retiró algunas migajas con la mano y después de sacudírselas un poco, se sirvió los pocos mililitros de vino que quedaron en una botella.

Todo estaba en silencio y la noche se sentía finalmente tranquila. Al estar allí, se sintió aliviada porque estaba sola para poder darle rienda suelta a sus pensamientos. Tenía un revoltijo.

Primero pensó en el documental que había visto sobre el apareamiento y recordó esa conexión extraña con la conversación que había tenido con sus amigas. El sexo era una materia constante en la naturaleza y todo parecía girar en torno a ello.

Aunque no habló mucho sobre su vida privada, si estaba consciente de que su realidad no estaba demasiado lejos de lo que se había hablado. También pasó por momentos en que se sintió presionada e insegura de sí misma. Dudó de su atractivo y de su capacidad para sentir y dar placer. Se frustró tantas veces por ello, que pensó en algún punto sería incapaz de establecer una relación sana consigo misma y con un hombre.

La reflexión que estaba teniendo en ese momento le había llevado a ahondar sobre sus emociones y experiencias al respecto. Sin embargo, con el paso del tiempo, se dio la oportunidad de darse tiempo a sí misma con el fin de curar esas heridas que había llevado consigo durante mucho tiempo.

En ese instante, recordó su primera experiencia sexual, una que podría ser demasiado escandalosa, sobre todo, para sus padres quienes se esforzaron de darle a ella y a su hermana menor, un ambiente sano y enriquecedor.

A pesar de ser una chica tranquila, Mariana realmente era un espíritu curioso que estaba dispuesto a ir más allá de sus propios límites. Así que fue cuestión de tiempo para que se sintiera lista para aventurarse en el mundo de lo sexual.

Durante su adolescencia, el Internet cambió todo lo referente a relaciones personales. Las salas de chat eran sumamente populares y la gente se atrevía a desplegar sus dotes y atractivos a través del teclado. Esto, por supuesto, podría significar un arma de doble filo, pero ella estaba atenta ante todo, así que no caería demasiado rápido.

Gracias a ello, conoció gente y amplió su círculo de amigos. Tuvo contacto con personas con las cuales no pensó podría congeniar tan bien. Cada vez se llevaba una sorpresa más agradable que la otra.

Pero no fue inevitable sentir que estaba ansiosa por conocer a alguien que le despertara el morbo para aventurarse en el mundo de lo carnal. Esto, aunado al hecho de que sus amigas y amigos ya eran sexualmente activos, le hizo pensar que no tendría la oportunidad de vivir esa gran aventura.

La oportunidad, sin embargo, se le presentó una vez cuando se encontraba en el mismo *cyber café* de siempre. Estaba leyendo algunas páginas mientras tenía abierto un portal de chat. De vez en cuando hablaba con alguien y luego se distraía con otra cosa.

Al cabo de unos minutos, se abrió una pequeña ventana oscura. Alguien le había saludado animosamente y ella le respondió con total normalidad. La verdad estaba un poco fastidiada y estaba preparándose para ir a casa.

Con el paso de los minutos, los planes iniciales cambiaron drásticamente. Mariana pareció divertida y hasta entusiasmada con aquella conversación. El hombre que interactuaba con ella parecía ser más agradable de lo que había pensado.

Aunque todo parecía divertido, notó la hora y abrió los ojos con el susto en la boca del estómago. Tenía que ir a casa, así que se apresuró en concertar un próximo encuentro virtual para poder seguir con la conversación.

Desde ese momento, estableció una especie de relación con ese misterioso amigo. Hablaban de todo, incluso de las clases y de lo cerca que estaba de graduarse, de su afán por tener novio y de los celos que a veces sentía sobre sus amigas más guapas. Él, en cambio, le brindó tranquilidad y unos buenos consejos que la ayudaron a sentirse más cómoda consigo misma.

Todo iba bien  y la ansiedad de Mariana por conocerlo se hizo mayor. Sorpresivamente, se encontró con una serie de evasivas que no lograba comprender, hasta que se enteró de algo que no se esperaba. Se trataba de un hombre casado.

-"Sucede que tengo 35 años y estoy casado desde hacer 10. Sé que debí decírtelo antes, pero la verdad fue que no me sentí capaz de hacerlo. Eres una chica tan dulce y agradable que temí que no quisieras hablar más conmigo".

Quizás cualquier persona tendría las razones suficientes como para cortar la comunicación, pero hay que tomar en cuenta que no se tiene demasiado uso de razón al contar con 17 años. Por lo tanto, debido al calor del momento y de la emoción, decidió dar una segunda oportunidad, pero con la condición de verse. Si las cosas iban a seguir, al menos tendría que saber quién era.

Decidieron encontrarse en un afamado centro comercial de la ciudad, en un local en donde la gente se reunía para comer bollos de canela y azúcar. Para ese momento, era un sitio bastante popular, así que ella no dio muestras de preocupación alguna: si tendría que irse, daría la excusa perfecta de que sus padres la llamaban y listo. Tenía todo prácticamente cubierto.

Llegó primero, como era de esperarse. Estaba nerviosa y miraba hacia todas partes para tratar de identificar a la persona que debía esperar.

-"Soy alto y blanco, tengo cabello castaño y barba. Ese día usaré una chaqueta negra y *jeans* oscuros".

Mariana memorizó la descripción una y otra vez con el fin de no perderse detalle. Mientras, sentía que su pecho estaba agitado, como si tuviera una locomotora en lugar de corazón.

-Venga, me tengo que calmar, tengo que lucir natural, tranquila. Esta no es la primera vez que hago esto… No, no es.

Esperó unos minutos más y cuando pensó que la dejarían plantada, divisó a lo lejos algo que le recordó el miedo que acaba de sentir hacía poco. Un tío alto, blanco con barba y vestido de ropa oscura, caminó hacia ella con una gran sonrisa. Para su sorpresa, resultó ser increíblemente guapo.

Hela sintió que todo estaba en cámara lenta, ese andar suave y lento. La gente se parecía abrirse paso como si él tuviera algún poder, como el Moisés dividiendo las aguas. Ella simplemente se quedó sin respiración.

-Hola, lo siento mucho. Se me hizo un poco tarde porque tuve que ocuparme de unas cuantas cosas en el trabajo. Pero bien, espero compensártelo de alguna manera. ¿Tienes mucho tiempo esperando aquí?

El rostro de Mariana estaba iluminado. Si pensó que de lejos ese hombre se veía hermoso, de cerca era como estar en contacto con la gloria. Estaba ensimismada, por lo que hizo el gran esfuerzo de incorporarse y de responder de la manera más natural posible.

-Eh, hola. Je, je, je. Sí, eh, un poco. Llegué temprano porque estaba cerca, así que aquí me tienes.

Terminó la frase con timidez y torpeza. Y a pesar de sentirse increíblemente estúpida, él no se mostró incómodo o fuera de lugar, más bien se rió un poco gracias a ese comentario que sabía que provenía de los nervios que ella tenía.

-Vale, entonces como te dije, te lo voy a compensar. ¿Qué te parece un bollo de canela y azúcar? Dicen que estos son los mejores de la ciudad.

-Pues, resulta una oferta que sin duda voy a aceptar.

Después de pasar los nervios con un poco de dulce, Mariana por fin conoció más sobre esa persona que se había convertido casi en su amigo: Javier. Los dos se quedaron en esa silla por largas horas, hablando de todo y nada. Para una chica como Mariana, siempre acostumbrada a cumplir con las reglas, esa reunión era prácticamente salirse de la norma… Y eso le encantaba.

-Bueno, debo irme. ¿Qué te parece si nos vemos después?

-Claro, me encantaría.

Ella le sonrió y Javier le respondió con una mirada intensa, una que sintió que le atravesó el cuerpo. Mariana sintió de nuevo la aceleración de su pecho y en un gesto para evadir la mirada, sintió la mano de él sobre su mentón.

-Eres una chica encantadora, ¿lo sabías?

Ella lo miró impresionada. Nadie le había dicho algo así antes y se encontró en una especie de dilema. Sí, se trataba de un hombre mayor y, de paso, casado. Todo lo que giraba alrededor de él parecía incorrecto, pero ella estaba atraída a lo prohibido.

Así que permanecieron en esa mirada por mucho más rato hasta que él comenzó a acercarse a ella. Mariana se encontró presa de miedo. Había visto a sus amigos besarse, lo pilló en las películas e incluso en los animes que veía a escondidas de su hermana. Lo tenía claro y detallado, sabía que se trataba de un intercambio en donde se conjugan muchas emociones, pero no pensó que en algún momento le tocaría a ella.

Se puso rígida a medida que él la acariciaba de esa manera tan descarada. Pensó en lo incorrecto de la situación, pero la verdad era que tampoco estaba haciendo demasiado esfuerzo por detenerlo. Sus manos eran suaves, delicadas y de su cuerpo desprendía un aroma que parecía envolverla por completo.

Esos ojos de color verde oscuro, recorrían todo su rostro. La fuerza de la emoción fue tal, que ella iba olvidando el tema de la confusión y el pudor. Quería más de ese acercamiento, así que hizo lo propio.

Hubo un espacio en donde experimentó una especie de tensión que no había experimentado anteriormente. No tuvo tiempo de siquiera racionalizar lo que estaba sucediendo porque fue allí cuando sintió la suavidad de los labios de Javier sobre los suyos. En esa mesa, frente a ese plato de cartón, en medio del centro comercial más concurrido de la ciudad, Mariana tuvo su primer beso.

No esperó fuegos artificiales o que el mundo se detuviera, pero de alguna manera experimentó eso mismo que a veces retratan en las películas. En su mente, se reprodujo una canción que jamás había escuchado pero que en ese momento tenía mucho sentido.

Al principio no sabía bien cómo actuar, así que se concentró tanto como pudo y pensó que la mejor opción que tenía, era dejar actuar su propia naturaleza. Dejó entonces la rigidez y el miedo, se entregó por completo al instinto y dejó ser todo lo que parecía estar guardado dentro de sí. Al hacerlo, experimentó libertad y comodidad.

Los labios de ella y de Javier se entrelazaron a la perfección. Al poco tiempo, también sucedió lo mismo con sus lenguas. El ritmo y la intensidad, se intensificaron cada vez más. Esa conexión la hizo sentir como si caminara sobre las nubes.

Aunque pudo haberse quedado allí por mucho más tiempo, tuvo consciencia de que era imposible. Él comenzó a separarse poco a poco para no romper con el momento.

-Lo siento, yo…

-Sí, sí. Lo entiendo. Discúlpame tú a mí.

Él le sonrió y volvió a darle un beso, esta vez, corto.

-No tienes por qué hacerlo.

Minutos después, se levantaron de la mesa y cada quien tomó caminos separados por insistencia de Mariana. No era demasiado conveniente que la vieran con un tío mayor y menos casado. Su paranoia le impidió mostrarse con él sin problemas. Prefirió regresar sola a casa y lo tomó como una oportunidad para pensar y disfrutar lo que acababa de suceder.

Los días que trascurrieron fueron mucho más emocionantes de lo que había pensado. De vez en cuando, Javier la buscaba en las afueras de la secundaria para llevarla a comer o para besarse en el coche de él. Ambos actuaban como adolescentes renegados y dispuestos a romper con las reglas. Ella lo sentía cómo algo divertido.

Si bien era una experiencia agradable, Mariana no podía

esconder un hecho palpable. Cada vez más se le hacía más difícil el tener autocontrol, sobre todo cuando él no paraba de tocarla ni de besarla.

Cada vez que sucedía eso, llegaba a su casa con un fuerte palpitar en su coño y con una humedad impresionante. Eran señales claras que estaba lista para el sexo, al menos físicamente.

Eso, por supuesto, la asustó mucho. Estaba segura que en cualquier momento sería incapaz de frenarse y que cedería ante el deseo que sentía por él.

Como sintió pena de preguntarles a sus amigos, se dedicó a investigar por su cuenta. En esta ocasión, se valdría de fuentes confiables y no de escenas románticas de películas. Reunió todos los datos posibles para entender mejor lo que sucedía en su cuerpo y mente.

Presintió que el momento estaba acercándose cuando concertó una cita con él.

-Tengo el fin de semana libre. ¿Qué tal si nos vemos?

-Sí, claro. Hagámoslo.

Esperó ansiosamente el sábado y se preparó lo mejor que pudo. Sin embargo, los nervios a veces tomaban el control de sí misma, por lo que se recordaba que tenía que estar tranquila. Era sexo, nada más.

Mientras se arreglaba, se miraba en el espejo constantemente. Como si estuviera inspeccionándose a sí misma. Se había puesto un vestido ajustado de flores pequeñas, unas zapatillas tipo Converse de color blanco y peinó su cabello lo más prolijamente posible. No se maquilló mucho porque pensó que no sería necesario. Cuando estuvo lista, se echó para atrás y fue allí cuando se dio cuenta que todo se veía demasiado inminente.

Se sentó entonces en el borde de su cama a esperar. Sabía que sería él al repicar el teléfono de su casa un par de veces. Estaba tan nerviosa que incluso sintió que se le habían tapado los oídos, tenía ganas de desaparecer.

Estando en completo silencio y bien atenta, escuchó a lo lejos los dos repiques del teléfono y los pasos apresurados de su hermana menor que recorrieron la casa para tomar la llamada. Mariana ya no podía dar marcha atrás.

Salió de la habitación y pretendió caminar con naturalidad. Se acercó a su madre para decirle que saldría con unas amigas y se fue de la casa casi empapada de sudor. Acordó con Javier el encontrarse unas calles alejadas para que no despertaran las sospechas de los vecinos. Ella sintió que cada paso que dio era una decisión importante para su vida.

Finalmente, pudo divisarlo a la distancia. Lo cierto era que se veía más bello que nunca. Como el día estaba un poco más fresco, sólo lucía unos *jeans*, camiseta negra y unas zapatillas deportivas. A pesar de su apariencia sencilla, se veía increíble.

Mariana sintió que se derretía por dentro, que no podía más. Así que sintió la necesidad de correr hacia él con todas sus fuerzas, abrió los brazos y se encontró con él.

Su rostro quedó en su pecho, sintiendo el aroma de su perfume amaderado que le gustaba mucho, a la vez que él enredaba sus dedos en ese cabello negro y espeso de ella.

-¿Estás lista?

-Sí. —Respondió con una sonrisa un poco tímida.

La ayudó a sumirse al coche y en cuestión de segundos comenzaron a andar por esas calles tranquilas de ese suburbio. Mariana observaba el verdor del césped y de los árboles que rodeaban esas grandes casas familiares.

-¿Estás bien? –Interrumpió él al darse cuenta que ella estaba un poco más callada de lo normal.

Mariana tosió un poco y disimuló que todo estaba bien. Así que continuó el viaje hacia un destino que le hacía temblar de la emoción y el miedo.

Javier siguió manejando con tranquilidad, como si no le afectara nada. Mariana lo miró por un momento, el perfil perfecto, la nariz recta y el mentón cuadrado. Su rostro estaba poblado por una barba espesa, por lo que se veía intimidante de a ratos.

La luz del sol incidió sobre su cabello y sobre su piel. Él parecía brillar con una fuerza impresionante, ella, una chica inocente, se encontró con esa figura que le recordaba a uno de esos bustos grecorromanos que tanta fascinación le causaban.

Se sonrojó violentamente y trató de pensar que no debía tener miedo porque él le daba la sensación de seguridad.

Poco a poco se estaban acercando a otra zona residencial de la ciudad, muy parecida al lugar en donde vivía. Grandes casas, árboles altos y una tranquilidad propia de esas calles.

-Pensé en llevarte a otro lugar pero, como te había mencionado, estoy solo. Me pareció que te sentirías más cómoda aquí. ¿Te parece bien?

Mariana trató de comprender aunque no pudo evitar la sensación de que era una especie de espía de una vida que no acababa de comprender.

Sin más reflexiones, bajó del coche junto a él. Javier extendió su mano para tomar la de ella y así conducirla hasta el interior de la casa, un lugar grande y de líneas minimalistas, de un aspecto casi de un museo.

Ambos entraron y ella se encontró con un lugar extenso e

iluminado. Muebles finos y un gran ventanal. No tuvo más oportunidad de ver más porque de inmediato sintió las manos de Javier sobre su cintura.

El calor de su aliento se albergó sobre su oreja y ella comenzó a gemir lentamente, casi como un susurro. Poco después, él la giró lentamente para encontrarse de frente. Javier, tan bello y tan fuerte, se acercó para darle un beso lento y profundo.

La lengua suave y caliente se encontró con la suya. En seguida Mariana perdió la razón y ese mínimo de autocontrol. Sus manos se aferraron sobre sus hombros para sentir la fuerza de su cuerpo. Poco a poco su coño comenzó a palpitar salvajemente, cada vez estaba sintiéndose lista para recibirlo.

De repente, él la alzó entre sus brazos para llevársela consigo hacia otro lugar de la gran casa. Ella no miró nada más, sólo se dedicó a saborear los labios y la lengua del hombre que estaba tomando posesión de ella. Ese calor y esa intensidad que le envolvían por completo. Era exquisito.

Javier dio unos cuantos pasos más hasta que se decidió por dejarla en una habitación que no estaba demasiado lejos de la amplia cocina. Un lugar pequeño pero muy cómodo, quizás tratándose de un cuarto de invitados.

Él la dejó sobre esa cama suave y ancha, sin embargo, sus cuerpos seguían unidos en un solo abrazo, entre los besos y las caricias.

Poco a poco todo se volvió intenso cada vez más, Javier y Mariana estaban desconectándose de la realidad. Las manos de él comenzaron a explorarla por completo, desde su cuello, pasando su cintura y caderas, hasta llegar a sus piernas.

Instintivamente, ella abrió las piernas para que él pudiera acomodarse mejor entre ella. Además, gracias a lo que estaba experimentando, sus gemidos se hicieron más violentos y notables.

Ante ello, Javier comenzó a excitarse aún más. Su pene se volvió más duro y grueso, por lo que el roce que ejercía en el vientre de Mariana, resultó ser muy estimulante para los dos.

Mariana estaba sumida cada vez más en esas sensaciones que parecían quitarle todo ápice de control y dominio personal. Incluso, de vez en cuando lo miraba ensimismada, concentrada en sus ojos, entre los jadeos y gemidos.

Él se echó para atrás al darse cuenta de la velocidad que estaba cobrando la situación, le acarició el cabello y la miró fijamente.

-¿Estás segura de esto? ¿Estás bien?

Mariana se quedó en silencio por un momento. La verdad era que sí, pero fue inevitable recordar ese frío del estómago que la hacía dudar por un momento.

-Sí… Estoy segura.

Él sonrió ante la respuesta y volvió a concentrarse en las caricias y los besos de esa chica que parecía temblar más que una hoja. Tan dulce, tan conmovedora.

Siguieron tocándose, experimentándose, hasta que por fin se dio el momento de la verdad: la ropa comenzó a sentirse como una molestia, por lo que se hizo necesario prescindir de ella lentamente.

Luego de las zapatillas, Javier se concentró en retirar ese vestido de flores con aire inocente. Mariana se asustó un poco porque no conocía hasta ese momento el estar desnuda frente a alguien. Pero resulta que cuando se está frente a alguien capaz de desarmarnos a la velocidad de un chasquido, lo demás ni siquiera se piensa, así que de nuevo, Mariana se dejó llevar por el deseo.

El vestido quedó en el suelo y sólo quedó ese cuerpo dispuesto y desnudo. Mariana estaba a la disposición de la boca y las manos de Javier, quien, por cierto, no podía esconder el entusiasmo de tenerla entre sus brazos.

Se dispuso a besarle el cuello para luego descender poco a poco por su piel. Incluso, al llegar a su pecho, se detuvo un momento para lamer cada uno, con paciencia y dedicación. Ella, mientras, sobre esa cama y como si no pudiera tener noción de lo demás, se dejó vencer completamente entre los gemidos y jadeos.

Él siguió su camino, parecía de hecho un conquistador en tierras inexploradas. La suavidad de su tacto la hacía estremecer. No pensó que sería capaz de experimentar algo remotamente parecido. Le encantaba cada vez más.

El rostro de Javier parecía hundirse cada vez más en ella y continuó de esa manera hasta que quedó frente a su coño. Se veía dulce, rosado, puro. El clítoris lucía como un botón de rosa y los labios como pétalos que estaban húmedos gracias a la excitación. No hubo más miedo, sólo entrega total.

Llevó su boca a ese lugar y ella sintió como si hubiera entrado en otra dimensión, a un lugar que sólo pocos conocían. Sus manos se sostuvieron firmemente de las sábanas mientras gritaba sin parar.

Su pecho y su torso subían y bajaban producto de los esfuerzos que hacía por no volverse loca, pero eso se le hacía difícil ya que las lamidas que recibía por parte de ese hombre. Era casi estar presa de la lujuria.

Cuando sintió que no podía más, que la vista se le iba a nublar en cualquier momento, sintió el momento en el que se detuvo. Abrió los ojos con timidez y se dio cuenta que estaba desvistiéndose frente a ella. A él también se le notaba el deseo en esa mirada intensa que le dirigía.

Mientras lo miraba, pensó que no podía resultarle más atractivo de lo que ya le parecía. Sin embargo, era así. Su cuerpo, blanco y bien definido, se le descubrió frente al de ella para dejarle esa imagen tan bella y sensual. Cuando detalló su verga, la notó tan dura y erecta que no pudo evitar sentirse entusiasmada al respecto, deseaba tenerlo adentro lo más pronto posible.

Se volvió a reunir con ella y se besaron de nuevo para retomar lo que habían dejado antes. Se unieron en un mismo abrazo, casi como si pudieran demostrar que era posible fundirse en una sola persona.

En medio de todo, sintió cómo la verga de Javier comenzó a adentrarse a sus carnes con decisión. Al principio lo hizo suave, lento, delicadamente. Demostró una gran paciencia, puesto que, como era de esperarse, Mariana experimentó un poco de dolor.

Paraba e intercalaba la penetración con más besos y caricias. Poco a poco, logró penetrarla por completo, logró poner todo su pene dentro de ella. A la vez, Mariana le enterró las uñas en la espalda gracias a esa mezcla tan deliciosa de placer y dolor.

Permaneció así por un rato hasta que comenzó a mover su pelvis. Las embestidas comenzaron a manifestarse en un meneo que se volvió más constante y, por supuesto, increíble.

Abrió más sus piernas mientras sentía que su espíritu y su cuerpo se desintegraban para acabar como átomos en la atmósfera. Si bien había leído al respecto, no imaginó que la vivencia fuera infinitamente superior.

Llegó un punto en donde ambos seguían jadeando y gimiendo, unidos en las carnes y el deseo del sexo que tenían en ese momento. Javier la besaba y ella lamía esas manos que la tocaban sin parar.

Tras un rato, cuando ya la tarde comenzó a caer, Mariana experimentó una especie de corriente eléctrica que pareció nacerle desde la planta de los pies para dirigirse a toda su humanidad. Aquello le resultó familiar, estuvo segura que estaba cerca del orgasmo y él se dio cuenta de ello.

Entonces lo hizo más rápido, más fuerte. Apoyó más sus brazos sobre la cama para tener más impulso. También la miraba, observaba las expresiones que ella hacía, el cabello despeinado y el sudor de la frente. La boca entreabierta y la respiración agitada. Se excitó aún más por esa imagen.

Esa corriente o ese calor intenso, terminó por propagarse y producir que se nublara la vista de Mariana. Todo pareció apagarse de repente y, acto seguido, se desplomó sobre la cama. Calló rendida entre los dulces besos de Javier.

18 años después, Mariana no podía quitarse esa imagen de su mente. La aventura que aquello representó y la locura que pudo haberle parecido a cualquier otra persona. Pero ella sintió que no debía arrepentirse de ello. Gracias a Javier, comprendió muchas maravillas del sexo y tuvo la suerte de contar con alguien que la guió de primera mano.

Dejaron de verse cuando él notó que ella manifestó sentimientos románticos. Supo que podría ser problemático, por lo que la mejor solución fue cortar con esa relación antes de que -las cosas salieran mal.

Ella quedó destrozada, pero años después tuvo la madurez para entender que fue la mejor decisión posible. A partir de allí, tendría que seguir el camino por su cuenta. De la mejor manera posible.

Javier sólo fue el primero de una lista de amantes, nombres y situaciones que le producían sensaciones de todo tipo: desde la risa hasta la tristeza más profunda. Amores que quiso tener por más tiempo y otros que hubiera preferido ni siquiera empezar.

Comprendió que las relaciones eran demasiado complejas, que los humanos tenemos la tendencia de complicarnos demasiado por tonterías y que a veces perdemos la oportunidad de disfrutar el presente.

Caminó por su departamento del centro de la ciudad, pensando y reflexionando más de lo común. Concluyó que el documental que vio horas antes, la reunión de sus amigas y esos recuerdos de esa primera vez, estaban conectadas por lo mismo. Sintió la necesidad de encontrar un punto medio que sirviera para expresar lo que tenía en mente, pero, ¿cómo hacerlo?

En medio de la oscuridad de la noche y gracias al calor del vino, las ideas comenzaron a manifestarse a toda velocidad. Tenía que encontrar un punto para ponerlas en orden porque pensó que se volvería loca.

Fue a su habitación para quitarse la ropa y ponerse un poco más cómoda. Se quitó el vestido de franela negro, los accesorios y el maquillaje. Encendió la luz del baño y se topó frente a un rostro con algunas arrugas y pecas, producto del avance del tiempo.

Detalló las ojeras porque desde hacía un par de noches que no podía dormir bien. De hecho, ni siquiera se lo había comentado a su confidente, a su hermana menor con quien solía desahogarse de vez en cuando. Eso era porque también estaba frente a una verdad que no sabía cómo manejar bien.

Apagó la luz y volvió a su habitación para acostarse en la cama. Extendió sus brazos y piernas y se quedó allí un buen rato. Cerró los ojos y comenzó hacer ejercicios de respiración cuando sintió que había recibido una especie de epifanía: ¿por qué no hacer un libro de sexo?

Pensó de inmediato que había muchos ya en el mercado, así que tenía que procurar en hacer una obra que permitiera encaminar a las mujeres a la liberación sexual. Aún la idea estaba un poco cruda, pero al menos tenía por dónde comenzar.

Seguía pensando… Puta…. Perfecta…. Puta y Perfecta

Se apresuró entonces a acercarse a su mesita de noche para buscar una libretita y un lápiz. Solía tener ambos objetos a la mano porque tenía la convicción de que las ideas se presentaban en los momentos menos esperados… Como en esa ocasión.

-"Sexo", "orgasmo", "amor…" Mm, a ver… ¿Qué más? ¡Ah! "Herramientas", "métodos"… Sí, sí… Si sigo así voy a iluminarme como un Buda.

Seguía escribiendo palabras con el fin de despejar la mente. De hecho, lo estaba logrando. Al final, tuvo una especie de esbozo que le pareció convincente. Se echó para atrás y miró las hojas con rayones y palabras al azar, se sintió orgullosa.

Teniendo en mente aquello y también esa verdad que tenía en su corazón, Mariana se sintió preparada para emprender una aventura que sabía sería fuera de serie… Pero para ello, tendría que contar con alguien importante.

Por otro lado, estaba bien consciente que la responsabilidad de la relación no recaía en la mujer. Era 50-50%. Ambos eran responsables. Pero, como tenía otros motivos ulteriores, el plan iba.

## 2. EL INICIO DEL PLAN

Isabel estaba tamborileando el bolígrafo sobre el mesón mientras aparentaba escuchar con atención lo que decía el gerente. Sus palabras salían con esa ceremonia que tanto lo caracterizaba, pero ella sabía que eso sólo eran apariencias. En realidad, el tío tenía un lado bastante oscuro y divertido.

En vista de que estaba aburrida en esa silla, rodeada de gente que anotaba por alguna razón, ella se decidió hacer algo más interesante. Se dispuso a acomodarse mejor y a mirar fijamente en ese hombre para recordar los momentos que habían pasado juntos... Porque claro, ambos eran amantes.

Lo más gracioso de todo era que los dos, al principio, eran como agua y aceite. Incluso se caían muy mal. Mientras él era serio y metódico, ella resultaba ser lo contrario. Aventurera, intrépida, extrovertida y divertida.

Siendo la cabeza del departamento creativo, Isabel no sólo brillaba como una destacada diseñadora gráfica e ilustradora, también era una mujer que sabía ser líder y gerente. Una combinación que era muy rara de encontrar.

Con la llegada de Alonso, el gerente general, las cosas dejaron de ser amenas. Al menos para ella. En seguida comenzaron a tener problemas y roces, no se podían ni ver y la tensión que se vivía en la oficina era casi que asfixiante.

Por alguna razón, ambos tuvieron que quedarse juntos para la ejecución de un proyecto importante. Durante el proceso de monitoreo y control, tuvieron la obligación de guardar sus diferencias para no pelear y menos en frente de los demás.

Una noche, despacharon a todos los subordinados y ambos se quedaron solos en esa inmensa oficina. Sus rostros estaban pegados a los monitores, registrando toda la información que estaba sucediendo minuto a minuto.

Estaban cruzando los dedos para que el cliente estuviera satisfecho con el resultado final. Eventualmente, al terminar el proyecto, ambos se levantaron de sus sillas en un gesto de celebración. Tantas semanas de trabajo duro valieron la pena.

Alonso e Isabel se miraron y se dieron un fuerte abrazo como en señal de que habían superado un momento difícil para los dos. Sin embargo, la situación se puso más interesante después.

Cuando se dispusieron a separarse debidamente, se miraron con intensidad. Los ojos oscuros de Isabel se concentraron en los de Alonso. De nuevo, ese silencio, pero no uno de tensión ni molestia… Uno más bien muy diferente.

Se sintió como si algo comenzó a crecer entre los dos de manera vertiginosa. El silencio de la inmensa oficina. Ella no supo muy bien si se trató de noche, el cansancio o incluso sus hormonas, lo cierto es que se adelantó hasta él y le dio un beso intenso y prolongado.

Alonso, el siempre correcto y comedido, se echó para atrás como si fuera un ratoncito asustado. Sus lentes de pasta gruesa, así como su traje y corbata, se torcieron debido a la emoción del momento. Trató de respirar un poco y luego miró a Isabel con cierto desconcierto.

La tensión no se había desaparecido, más bien aumentó de manera que pareció tomar control de los dos, así que, como era de esperarse, volvieron a tomarse y decidieron tener sexo sobre el escritorio de uno de los asistentes de ella (quien por cierto le caía bastante mal).

Los besos fueron toscos, bruscos e intensos, al igual que las caricias. Era como si los dos por fin hubieran dado rienda suelta a esas emociones que ocultaron por mucho tiempo.

Ella, tan eléctrica, tan intensa, y él, pues, igual, pero con la diferencia de que se escondía detrás de una imagen de hombre serio y puntual. Esa mezcla le causaba un tremendo morbo a

Isabel.

Retozaron por un buen rato durante esa noche que estuvieron allí. A pesar de estar solos, tenían que tener cuidado con los sonidos, así que sólo se reían porque se sentían como dos niños haciendo travesuras.

Dejaron de comerse entre sí cuando escucharon, a lo lejos, el sonido de una aspiradora. De seguro se trataba de Miguel, siempre puntual, a limpiar la oficina.

Así que los dos bajaron del escritorio, trataron de acomodar las cosas y se escabulleron hacia un pasillo oscuro que los llevaba hacia la salida más cercana. Mientras lo hacían, reían sin parar.

En cuanto salieron del edificio, Isabel le tomó la mano y lo miró con cara seductora.

-Tú no te has librado todavía de mí.

Lo llevó consigo hasta su coche y volvieron a besarse allí como si la vida se le fuera en ello. Cada vez que sentía la lengua de él, ella se quedaba impresionada porque no pensó que Alonso fuera así de emocionante.

-Tan tranquilito que se te ve, nunca pensé que…

-Pensaste mal…

Volvió a tomarle el rostro y a unir sus labios con los de ella en esa desesperación que parecía una locura. Lo cierto es que Isabel decidió que lo más conveniente era terminar el asunto que había comenzado en un lugar más adecuado, digamos, un motel.

Así que empezó la odisea de encontrar un sitio que no quedara demasiado expuesto porque la privacidad lo es todo. Isabel trataba de tener el control del coche pero se le hizo difícil gracias a los besos y manos traviesas de Alonso, esas mismas que se paseaban entre sus pechos y en la entrepierna.

-Quiero comerme esto pero ya.

-Y yo quiero que lo hagas, pero tenemos que encontrar un buen lugar... -Insistió Isabel con un tono de voz muy sensual.

-Creo que no podré aguantar...

-Tienes que hacerlo, anda.

Cuando pensó que no lo lograría, se topó no sólo uno, sino dos moteles que quedaban uno frente el otro. Se quedó mirando los anuncios de neón en cada uno y pensó que tenía que echarlo a la suerte.

Lo cierto es que optaron por el que lucía un poco más moderno por cuestiones de instalación y comodidad. Al entrar, el recepcionista estaba casi dormido y apenas les rentó el sitio por unas cuantas horas.

Se tomaron de la mano y subieron las escaleras con prisa, tropiezos y carcajadas. De hecho, en medio de ese silencio, sólo ellos hacían escándalo. Isabel lo sintió como si la revitalizaran.

Llegaron al piso correspondiente e introdujo la llave en la cerradura, Alonso no paraba de tocarla ni de besarla, incluso se aventuró en quitarle unas prendas antes de entrar a la habitación.

-Eah, que ya estamos aquí.

Lograron entrar y cerraron en medio de la oscuridad. Él se adelantó para cerrar las cortinas y luego se quedó de pie en el medio de la habitación. Debido a las pequeñas entradas de luces en los bordes de las ventanas, pudo vislumbrar la figura de Isabel.

Adoró ver esas curvas que se iban descubriendo poco a poco frente a él. La cintura, las caderas, las piernas anchas que tanta hambre le provocaban, los pechos pequeños y firmes. Además, ese cabello negro, largo y con ondas que cayó a los lados de sus hombros como una capa gloriosa.

Ella, a pesar de que no era la primera vez que pasaba una noche así, por alguna razón, se sentía nerviosa. Él tenía algo que la hacía temblar.

Desnuda y excitada, se acercó hacia él para tomarle el rostro y besarlo suavemente. Ambos comenzaron a respirar agitadamente y a tocarse con más intensidad. Cuando él notó que la situación se estaba poniendo más caliente, se echó un poco para atrás para quitarse los lentes. Isabel, en cambio, se encargó de quitarle la ropa.

Al final, los dos quedaron en cueros y mirándose mutuamente. No pasó demasiado tiempo hasta que volvieron a unirse en un abrazo. Isabel y Alonso estaban manifestando todo ese deseo que permaneció demasiado tiempo guardado.

Entre tumbos, se acostaron sobre la cama y por fin pudieron hacerse lo que no pudieron en esa oficina. Podían gemir, jadear, penetrarse, lamer y chupar cada parte de su humanidad sin que nadie interrumpiera.

Isabel le sostenía el cabello con fuerza mientras que la boca de él se dedicaba a recorrer su cuerpo poco a poco. Desde sus labios hasta su coño, el cual estaba bastante caliente y húmedo. Sus piernas abiertas lo esperaron para recibirlo adecuadamente. Alonso entonces se dedicó a adentrarse en esas carnes para hacerla suya una y otra vez.

Al principio lo hizo con suavidad pero luego decidió hacerlo con más rudeza y también rapidez, a tal punto, que la cama no paraba de hacer ruidos alarmantes. Así que él decidió bajar un poco la intensidad.

Estuvieron así unas cuantas horas hasta que se corrieron al mismo tiempo. El orgasmo llegó de manera intensa y caliente, como una especie de fuerza que les recorrió el cuerpo infinidad de veces.

Uno junto al otro, compartieron un cigarro que ella encendió justo después del coito. El humo se elevó por la habitación mientras cobraba formas curvas y sensuales. Los estaban hipnotizados por ello.

Aunque hubiesen preferido seguir follando, se dieron cuenta que ya era de día y que de seguro causaría preocupación ambas ausencias, así que se levantaron con pereza y se dedicaron a ponerse sus ropas y pretender que no había pasado nada.

Ella entró al baño y se dio cuenta que tenía una marca intensa de color rojo y morado en su cuello, Alonso se la había dejado como un recordatorio del sexo que tuvieron. Casi se escandalizó pero después se rió porque tendría que maquillarse… A pesar que, de ser por ella, lo mostraría orgullosamente.

Se lavó la cara y se hizo una trenza para dominar los cabellos rebeldes, después fue a tomar una ducha rápida cuando justo después, Alonso se reunió con ella. La verdad fue que ella no lo esperó, pero lo recibió entre sus brazos y siguieron besándose hasta que decidieron que salir era lo más conveniente.

-¿Quieres que te deje en tu casa? Creo que tendríamos tiempo suficiente para cambiarnos de ropa.

-No, no. Mejor déjame en un centro comercial, creo que así puedo aprovechar para comprar, al menos una camisa.

-Ehm, creo que haré lo mismo. Aunque no creo que sirva demasiado para despistarlos eh.

-Eso es lo de menos.

Le hizo un guiño y salieron rápidamente hacia el centro

comercial que estaba a pocas calles de los moteles. Se dividieron para no tardar demasiado tiempo: Alonso fue directo a una tienda para caballeros y ella a un local de camisetas y suéteres. Compraron algo sencillo y fueron raudos hasta el coche para cambiarse.

-¿Listo?

-Sí… pero oye, creo que es mejor que me dejes un poco antes. Así no llamaremos la atención, ¿qué crees?

-Vale, no parece mala idea.

Ella encendió el coche y condujo hasta la oficina. Como habían acordado anteriormente. Alonso salió como si tuviera complejo de oficial de SWAT y ella no pudo evitar reírse de lo ocurrente que se veía.

Esperó unos momentos para seguir el camino hacia el edificio de la oficina. Aparcó como de costumbre y se miró por un momento por el espejo retrovisor con el fin de arreglarse un poco.

Sacó su bolso de maquillaje y extrajo un labial oscuro y una máscara de pestañas. Un poco de polvo por aquí y un poco por allá. Aun cuando pensó que no lucía tan mal, se dio cuenta que tenía las ojeras hasta el suelo y esa cara de que había hecho cualquier cosa menos dormir durante la noche.

Salió con aire seguro, como siempre, y caminó hacia la puerta principal de ese enorme edificio corporativo. Saludó a los vigilantes, a la recepcionista y sacó su carné para que la máquina registrara la hora de llegada. Como había llegado un poco más tarde de lo usual, encontró el lobby bastante despejado.

Entró entonces al elevador que estaba vacío y esperó hasta que las puertas se cerraron. Luego, se miró al espejo para inspeccionarse el chupón y se lo retocó un poco más. Agachó la cabeza porque sabía que tenía que haber sido un poco más cuidadosa al respecto, pero luego pensó que ese asunto no le debía importar a nadie y que no tenía que inventar excusas al respecto.

Se abrieron las puertas y caminó por los pasillos atiborrados de gente como si no hubiera pasado nada. De hecho, todo el mundo parecía estar demasiado concentrado en lo suyo y eso le dio cierto alivio.

Fue a su oficina y encontró unas cuantas notas sobre el trabajo que tenían por delante durante ese día. Luego entró una compañera para hablarle sobre unos asuntos y luego quedó sola. Se asomó y notó que todo en la agencia estaba más normal que nunca.

Como no quiso anclarse demasiado en ese tema, encendió su computadora y se dispuso a trabajar como siempre. Mientras estaba allí, al otro lado, Alonso la miraba para hacer contacto visual con ella. En un punto, cuando se encontraron con las miradas, comprendieron que no sería la última vez que tendrían sexo.

Ese primer encuentro fue la excusa perfecta para concertar citas de la misma índole. La idea de volver a coger en la oficina les daba morbo, pero sabían que era irrespetuoso, además de ser absurdamente arriesgado. Así que se decantaron por lugares un poco más convencionales.

Aunque el plan funcionó por unos días, la locura que parecía manifestarse cuando estaban juntos, sacó esa necesidad de sentir la adrenalina producto de momentos de alto riesgo. Se encontraron en escenarios en donde les importó poco si había gente cerca, así que follaban en parques, terrazas y en cuanto callejón oscuro. Eran un par de adolescentes hormonales y sin control.

Por si fuera poco, ya la gente había notado que su relación de odio eterno había cambiado drásticamente. Incluso los llegaron ver reírse, lo que ocasionó una serie de preguntas y ciertas miradas de dudas.

Pretender que seguían cayéndose mal no fue muy buena idea, sobre todo porque ya no era así, por lo que cambiaron de estrategia... Bueno, ligeramente.

Acordaron que en la oficina tendrían "relaciones cordiales". Un "buenos días" dicho de manera amable no debía despertar sospechas de que en el fondo, se rompían hasta el orgasmo. Se aferraron a ello tanto como pudieron y se quedaron allí. Incluso, se percataron que la dinámica entre la gente había mejorado gracias a lo que decidieron.

Sin embargo, ahí estaba ella, mirándolo con insistente deseo. Por dentro quería descolocarlo por mera diversión. Alonso, mientras, fingía que estaba sumamente concentrado, cuando en realidad rogaba porque ella dejara de mirarlo como lo estaba haciendo. ¿La razón? Sólo pensaba en follarle la boca como un animal.

Siguieron en ese intercambio de miradas hasta que terminó la reunión. La verdad era que pudieron transmitir todo eso en un lindo correo electrónico. Pero así funcionan las cosas, existe ese gusto particular por las formalidades y la burocracia.

Apenas salió de la sala, Isabel recibió un mensaje:

-"¿Nos vemos esta noche?". –Alonso estaba ansioso por tenerla en su cama.

-"Si te portas bien, puede que sí".

Guardó el móvil en la chaqueta y caminó hacia su oficina contenta porque tendría sexo esa noche. Aunque aquello mejoró su humor drásticamente, no pudo evitar pensar en su hermana mayor.

Mariana es y había sido una compañera importante en su vida.

La relación que tenían era profunda y basada en la confianza y lealtad en todo sentido. Isabel sentía que podía contar con ella en cualquier momento, siempre.

Así que se quedó pensando, preguntándose qué le había sucedido en la reunión anterior, ya que estaba particularmente en silencio y un poco distante. Algo le decía que su hermana estaba preocupada por algo que no podía decir con total libertad.

Lo cierto era que a pesar de ese exterior desenfadado y rebelde, Isabel era una mujer que creía firmemente en la familia. Además, era sensible al respecto. Deseaba siempre protegerlos y cuidarlos lo más posible.

Ese lado amable y dulce, sin embargo, lo escondía bien con su personalidad casi incendiaria, esa misma que le valió ciertos problemas durante su adolescencia y parte de su adultez. Por suerte –y por alivio de sus padres– esa actitud no evitó que madurara con eventualidad.

Sin embargo, durante esos años, se destacó como una atleta reconocida y como una de las chicas más populares de la secundaria y también de la universidad. Mientras ella y su hermana estaban en el mismo instituto, la gente las consideró casi como estrellas.

Isabel destacó gracias a su personalidad efervescente y chispeante. Siempre tenía una sonrisa en el rostro, por lo que era usual que resultara atractiva al sexo opuesto.

Su curiosidad en cuanto al sexo la descubrió gracias a un noviecito de la escuela. Un tío mayor que ella que le explicó que la magia que ocurre entre dos personas podía resultar en una situación increíble.

Al principio, como es natural, tuvo un poco de miedo. Incluso, sintió que no era capaz de compartir aquello con su mejor amiga, con su hermana Mariana. Temía ser juzgada, por lo que llevó la procesión por dentro.

Dejó su virginidad sobre la cama en una habitación de una casa de veraneo. Su amante de turno, fue amable y paciente con ella. Sin embargo, sabía que esa relación no sería demasiado larga puesto que ella tenía la tendencia de aburrirse de la gente con rapidez.

A temprana edad, aprendió la importancia de estar consciente sobre el cuerpo, de los puntos del placer y de la liberación que debían sentir las mujeres al respecto. Claro, todo eso influenciado gracias a las amigas feministas que estudiaban con ella. Esas ideas permanecerían consigo por los siguientes años.

Gracias a su desempeño tan destacado en el mundo de los deportes, le valió una beca en una universidad prestigiosa del país. Apenas entró al campus, supo que su vida sexual daría un giro de 180°.

Las fraternidades y grupos de todo tipo se convirtieron en los perfectos círculos de socialización que le permitieron conocer a un grupo interesante de personas. Hombres con una variedad de gustos que estaba ansiosa por probar.

De hecho, conoció a un croata que estaba de intercambio y que le presentó un poco el mundo BDSM. El tío resultó ser un dominante con amplios conocimientos de tortura y técnicas sádicas para llevar al límite a su acompañante.

Al principio le pareció un poco extremo, pero bien, se sintió seducida por ese cabello rubio casi blanco y esos ojos azules intensos. No pudo negarse por más que lo intentara.

La primera vez que estuvieron juntos fue en la habitación de él, en un piso compartido con otro compañero. Para la buena suerte, tenían el lugar para los dos, por lo que podían ser tan creativos como querían.

De esa manera, Isabel conoció el dolor producto de los

latigazos, las ahorcadas y las nalgadas. Experimentó esa sensación mezclada con el placer, algo que pensó que sería posible. Le gustó y lo probó en otras ocasiones.

Tras un tiempo, dejó la relación porque se aburrió de esa intensidad física y mental tan demandante. El pobre croata se quedó con el corazón roto cuando notó que ella estaba lista para ir hacia otros horizontes.

Sin embargo, las aventuras para ella no se habían terminado. Lo delicioso de la universidad, al menos en su caso, fue darse cuenta que tenía demasiadas opciones a la vista y no quería perderse de ninguna.

Durante ese periodo, también se percató de las complejidades de las relaciones. Varias amigas, enamoradas en su mayoría, hacían lo posible para mantener la fidelidad de sus parejas lo más que pudieran. Otro signo para ella que le dio a entender que no debía renunciar a libertad.

Se graduó con honores y llegó a ser reconocida como una de las profesionales de renombre de la institución. Gracias a ello, tuvo un puesto casi seguro en la agencia más importante de la ciudad. El futuro pintaba muy bien.

Luego de un tiempo en dicha agencia, se fue para asumir un cargo superior en una que apenas estaba comenzando. Una gran apuesta, sin duda, pero su olfato profesional le dijo que ese cambio podría ser muy positivo. Y de hecho fue así.

Con el tiempo se convirtió en la directora creativa del lugar. Siempre estaba a la vanguardia de nuevas técnicas y procuraba actualizarse tanto como podía para estar a la par de los cambios del gremio.

La cereza del pastel, aunque no pensó que fuera así, fue Alonso. Un tipo de hombre muy diferente a los que había conocido. De hecho, era casi su extremo opuesto: ordenado, prolijo, metódico y extremadamente puntual. Isabel era prácticamente lo contrario y eso parecía funcionar para los dos.

Entre todos los pensamientos que tuvo durante el día, Isabel terminó por concentrarse en el trabajo. Quedó inmersa por completo entre las quejas, las correcciones y las entregas que se debían realizar para los diferentes clientes. Por un momento, pensó que era una persona muy afortunada por tener una profesión que la hacía sentir plena y feliz.

Cayó la tarde en el momento que menos esperaba. Miró la ventana y se dio cuenta que estaba a punto de anochecer. Isabel asomó la cabeza fuera de su oficina, con cierto temor, para buscar la mirada de Alonso. No lo encontró allí.

Por un momento quiso seguir en lo suyo, pero miró el teléfono sobre su escritorio, lleno de papeles de colores y bosquejos. Pensó inmediatamente en su hermana y lo extraña que estuvo la última vez que la vio, así que no lo pensó más y marcó su número. Esperó ansiosamente para hablar con ella.

-Hola, Bel. —Respondió Mariana, pocos segundos después.

-Hola, hermana, ¿cómo estás? ¿Todo bien? —Mostrando un poco de preocupación en su voz.

-Sí, sí, que estoy bien. Ya me estás poniendo los pelos de punta con esas preguntas todo el tiempo.

-Vale, pasa que te vi un poco preocupada la vez que nos vimos. Como si algo te hubiera puesto a pensar o algo así.

Hubo una pausa al otro lado del auricular. Isabel escuchó a su hermana cómo hacía el intento de frenar un suspiro. Y, aunque quiso intervenir, se quedó en silencio para no abrumarla.

-Es que se me ocurrió algo y quiero compartírtelo. Siento que será un gran emprendimiento para las dos.

-Vale, me parece estupendo. Te dije un par de veces que quería trabajar contigo, pero me ignoraste olímpicamente.

-Lo sé, lo sé. Supongo que tiene que ver con que no vi una oportunidad para ello… Salvo ahora.

De nuevo, Isabel pareció percibir algo más en su voz. No lo pudo entender inmediatamente, aunque se dijo a sí misma que era mejor no ignorar ese instinto que parecía gritarle a todo pulmón.

-…Pero creo que sería mejor decírtelo personalmente. Podríamos hablar con tranquilidad, ¿qué dices?

-Pues, me encanta la idea. ¿Qué tal si nos vemos mañana para desayunar y discutir eso? Conozco un sitio al que me gustaría ir y siento que sería estupendo para lo que quieres.

-Genial, así tendré más tiempo para formular la idea y presentártela.

-Venga, Mariana, esto suena casi a una tesis.

-Pues, déjame decirte que esto que tengo en la cabeza podría ser el inicio de la revolución sexual femenina. Una de verdad, una que sí valga la pena.

Isabel se incorporó sobre la silla en donde estaba, con los ojos abiertos y con una amplia sonrisa.

-Guao, me encanta eso. Estupendo, estaré ansiosa para mañana.

-Por fa, trata de no llegar tarde. Sabes que la impuntualidad hace que me den ganas de matar gente.

-Está bien, tampoco tienes que recordármelo.

-Sé por qué te lo tengo que recordar.

-Pasa por mí en la mañana y allá nos reunimos. Estoy

emocionada por lo que dices.

-Te encantará.

Isabel se sintió un poco más tranquila después de hablar con su hermana. Se quedó pensando en la conversación que acababa de escuchar. Trató de dilucidar sobre ese "emprendimiento" del que habló Mariana. ¿De qué se trataría?

En medio de su concentración y del plan que pareció ponerse en marcha, sintió que alguien estaba observándola. Alzó la mirada y se dio cuenta que era Alonso, quien estaba al otro lado de la oficina, con ese rostro de hombre tonto y con ganas de sexo.

Ella lo miró y le sonrió con sensualidad. Se reclinó hacia adelante para mostrar el escote que se pronunciaba un poco debido a su camiseta de color negro. Se mordió la boca, mientras que él, desde la distancia que los separaba, pareció convertirse en un animal.

La oficina quedó prácticamente desierta y más porque se trataba de un viernes. La gente que todavía estaba allí, eran los nerds de IT, quienes solían organizar concursos sobre cuál grupo podía resolver más rápido un problema planteado por el gerente de ese departamento. Los rostros de emoción de ese grupo de chicos eran un poema.

Sonó el móvil con un mensaje, era Alonso que parecía estar bastante desesperado por verla.

-"¿Cuándo sales? Ya estoy afuera. Reservé en un hotel que creo te va a gustar. No tardes demasiado, por favor, me muero por follarte".

Ella sintió que le hacían el cumplido más lindo del mundo. Y, claro, Isabel también tenía muchas ganas de estar con él. Pareció que había pasado demasiado tiempo desde la última vez que se vieron.

Se levantó del escritorio y se dispuso a acomodar sus cosas con cierta prisa. En ese momento su mente comenzó a andar, imaginando sobre lo que pasaría entre los dos, e incluso sobre el lugar a donde irían.

-Chicos, espero que pasen un buen fin de semana. Cuídense. — Isabel se despidió con amabilidad mientras ellos aún tenían la cara fija en los monitores.

Atravesó las hileras de cubículos y escritorios con cierto cuidado para no tropezarse. Entretanto, no dejaba de pensar en la verga de Alonso y en lo próxima que estaba de saborearla como quería. Fue tanta la ansiedad que incluso se le hizo agua la boca.

Salió del edificio y escuchó un ligero silbido, uno tan suave que le hizo dudar un poco sobre si era un animal o un insecto. No obstante, la figura alta de Alonso emergió entre las sombras para ir hacia ella.

-¡Joder! Vaya susto que me diste. Casi se me salió el corazón…

No le dio tiempo para terminar porque él la tomó entre sus brazos y comenzó a besarla intensamente. Realmente la sensación de su boca, sobre la de ella, la hacía sentir que estaba sobre las nubes. Ese hombre sabía cómo hacerla sentir que estaba fuera de este mundo.

-¿Estás lista?

-Para ti, siempre. Y lo sabes.

Él sonrió como un tonto, a tal punto que esos ojos oscuros, detrás de los lentes de pasta, parecieron iluminarse como dos soles.

-Bueno, es momento de que te lleve al lugar que te prometí. ¡Ah! No te preocupes por tu coche. Aquí está bien resguardado.

Le hizo un guiño y de inmediato le tomó la mano para caminar unas cuantas calles más abajo para subirse a ese flamante Camaro negro del 79.

-Cada vez me sorprendes. Es increíble.

-¿Por qué? —Respondió él, genuinamente intrigado.

-¿Un nerd como tú con gusto particular por los coches clásicos?

-Eso te sirve como muestra para que entiendas que no es bueno dejarse llevar por las apariencias.

Cuando ambos terminaron de subirse, ella de inmediato fue hacia él. Había pasado gran parte del día fantaseando con él, esperando el momento en el que lo tendría entre sus brazos para acariciarlo hasta el final. De alguna manera, Isabel, la independiente, la mujer dura en las relaciones, sintió que había extrañado a ese hombre.

Alonso bien pudo haberse quedado entre esos besos y caricias, pero recordó de inmediato que tenía esa reserva pendiente. Por lo que hizo un gran esfuerzo por separarse. Como pudo, colocó las manos sobre el volante y encendió los motores. La cita debía continuar.

Isabel encendió la radio y en seguida le subió el volumen a una canción de Tyler, The Creator. Si bien era un estilo musical un poco diferente del que gustaba, no podía ocultar que la cultura pop tenía lo suyo.

Comenzó a bailar y a seducir a Alonso tanto como podía. Mientras lo hacía, se sentía cada vez más segura de sí misma y de su capacidad de atracción. Era libre, suelta y alocada, le gustaba experimentar aquello. Era increíble.

Ella intercambiaba los bailes con las caricias y besos que le daba a Alonso. Podía notar incluso la forma en cómo se sonrojaba cada vez que lo hacía. Entonces, en ese momento, se le ocurrió una brillante idea.

Colocó su mano sobre el bulto de su amante. Lo hizo de una manera suave y delicada, acariciándolo con lentitud. Cuando él hizo el intento de protestar, no lo hizo porque los labios de Isabel iban a encontrarse con los suyos. Era como si ella estuviera dispuesta a impedirle que tuviera la mínima posibilidad de distraerse del ánimo que se estaba produciendo en el coche.

Siguió tocándolo sólo con el objetivo de hacer que su verga se pusiera cada vez más y más dura. Alonso seguía sonrojado, por lo que Isabel no pudo parar.

-Vamos... Tienes que concentrarte para que lleguemos bien al hotel.

Él estaba tan embobado que no pudo articular siquiera una respuesta con lógica. Sus palabras salían de su boca de manera incomprensible, desordenada. Para Isabel, fue señal inequívoca de que tenía que continuar.

Aunque parecía que Isabel tenía todo el control de la situación, la intensidad que le estaba produciendo a Alonso también comenzaba a consumirla a ella. Incluso su respiración comenzó a agitarse y su mano a moverse más rápido. Estaba ansiosa por masturbarlo, por sentir su pene entre sus manos.

Pensó en aguantar hasta llegar, pero algo le dijo que las cosas se volverían más interesantes, así que dio un paso más allá y bajó el cierre del pantalón de Alonso. Él, alarmado, casi perdió el control y tuvo que hacer un esfuerzo por mantener la concentración.

Cuando lo pudo lograr, sintió el calor del aliento de Isabel sobre su oído. Entrecerró los ojos y sintió unas ganas impresionantes de reventarla.

-Quiero comerte. No sabes lo mucho que quiero comerte. ¿Me dejarás hacerlo?

-Sí… Sí… Por favor.

Pudo contestar con las fuerzas que apenas pudo encontrar. Hizo lo posible para articular la respuesta y después entregarse ante la expectativa de lo que pasaría pronto.

Isabel bajó el cierre con suavidad. Sus dedos rozaron lo duro que estaba la verga de él, al mismo tiempo que hacía lo posible para generar ese suspenso. Le gustaba mucho la idea de arrastrarlo hacia los límites de su propio autocontrol.

Al terminar, la verga de Alonso, gruesa, venosa y muy dura, pareció salir con fuerza. Isabel esbozó una enorme sonrisa, y actuó como alguien que no pierde el tiempo. Se agachó para acercarse a su regazo y comenzó a darle sexo oral entre los jadeos y los gemidos de él.

El pobre Alonso, el quieto, el silencioso y el correcto Alonso, tuvo que acomodarse los lentes y respirar profundo para no entregarse a la lujuria que esa mujer le despertaba. Aunque tenía la mirada frente al camino, no paraba de escuchar las lamidas y chupadas que ella le hacía. Eso sin nombrar lo delicioso que se sentían su lengua y labios. Estaba desesperado por llegar al lugar.

Cuando pensó que no podía más, notó que estaba muy cerca, quizás a unos 500 metros del hotel más lujoso de la ciudad. Se decidió por ese porque pensó que era algo que ambos se merecían.

-Ya… Ya… Estamos…

Isabel paró de repente y se dio cuenta que sólo faltaba aparcar el coche y entrar. Así que se relamió la boca y se miró por el espejo para arreglarse un poco, con la esperanza de que la gente no notara –demasiado-, que acababa de chuparle la verga a su amante.

Al terminar, giró un poco la cabeza y lo miró. Isabel se dio cuenta de lo bien que lo había hecho, al notar esa expresión de perdido que tenía Alonso. Le hizo un guiño y se acercó a él para darle un beso en los labios. Uno muy dulce y sensual.

-Estoy lista.

-Mujer, me vas a matar... -Respondió él, cuando pudo reunir algunas fuerzas.

Isabel se acercó tanto a él que sus frentes llegaron a tocarse un poco.

-No quiero eso... Ni remotamente.

Alonso quiso besarla, pero ella se echó para atrás en ese intento de juego para tentarlo aún más. Para él no hacía falta porque le gustaba y mucho. Quizás más de lo que pensaba.

Él hizo un largo suspiro para luego salir y dar unos cuantos tumbos hasta encontrarse con ella. Isabel se veía hermosa en medio de la noche, con ese rostro sereno y suave, con esa expresión de niña juguetona, pero con la actitud de una mujer seductora. Entonces, la volvió a tomar entre sus brazos para besarla como era debido.

Sucede que hay ciertos momentos en la vida en donde nos sentimos que no existe el tiempo ni el espacio. Es como si la realidad se diluyera para terminar en otra completamente diferente, una perfecta, ideal, extraordinaria. Y eso, además, no suele suceder con frecuencia.

Isabel experimentó eso estando con él. Gracias al calor de su cuerpo y de su aliento, ese mismo que iba arropando sus labios, ella tuvo la sensación de que estaba perdiéndose en un mundo que no había conocido antes. Sabía lo que era la lujuria y el placer, pero ahora se encontraba en una situación diferente y no sabía muy bien cómo sentirse al respecto.

Alonso dejó de besarla para después tomarle la mano.

-Ven, creo que es momento de entrar.

Caminaron juntos hasta la entrada de ese flamante hotel que tenía una apariencia de lujo bastante intimidante.

Alonso dio unos cuantos pasos hacia la recepción y habló rápidamente con un chico que pareció atenderlo amablemente. Isabel, mientras, miraba estupefacta todo lo que tenía alrededor.

Suelo de mármol blanco, columnas del mismo material y techos amplios, altos, en donde destacaba una enorme araña de cristal que iluminaba gran parte de la estancia. Por si fuera poco, los huéspedes y demás personas estaban sentadas en muebles minimalistas y elegantes, los botones iban de un lado para el otro atendiendo y de fondo se escuchaba el sonido de un piano. Quizás venía de un bar cercano.

Nunca en su vida estuvo en un lugar así. En parte era porque le resultaba incómodo e innecesario codearse con personas estiradas y con la creencia de que eran socialmente superiores. Por ello, trató siempre ser franca y coherente con sus acciones para dejar esas tonterías de lado.

Pero, como suele suceder, la vida nos lleva por caminos que menos sospechamos y ella ahora estaba en un ambiente que le resultaba ajeno, pero al mismo tiempo fascinante.

Después de tomar la tarjeta de la habitación, se dispuso a buscar a Isabel con la mirada. La encontró con la actitud de una niña que se dispone a explorar su entorno. No pudo evitar hacer una sonrisa al verla de esa manera. Le provocó una ternura que casi lo conmovió.

Isabel sintió el calor de la mano de Alonso, quien la tomó para llevársela consigo. Caminaron hacia los elevadores. Un botones marcó el número del piso al que se dirigían y los dos permanecieron en silencio.

Un pequeño sonido indicó que finalmente habían llegado, por lo que salieron para encontrarse con un pasillo bien iluminado, con el mismo estilo pulcro y minimalista de la entrada.

Alonso se adelantó y sacó la tarjeta de su chaqueta. Al escuchar el "clic" la abrió despacio y dejó pasar a Isabel. Ella de inmediato buscó el interruptor para encender la luz y cuando lo hizo, se encontró maravillada.

Era una habitación amplia, con una cama grande y con aspecto cómodo. El suelo era de parqué oscuro y frente a ella estaba una gran ventana que daba vista hacia la ciudad. Pudo ver las luces de las calles y los coches como si estas fueran pequeñas estrellas sobre el suelo. Sonrió de la emoción.

Siguió fijándose en pequeños detalles: las mesas de noche, un diván que estaba en otra estancia, el baño claro y pulcro, ese olor a limpio, a orden. Isabel sintió que estaba en una especie de palacio.

Se giró y se encontró con la mirada de él. Alonso se había quitado ya los lentes de pasta para dejar su rostro despejado. Se veía guapo, guapísimo. Así que Isabel fue hacia él para tomarlo para sí y besarlo con todas las ganas del mundo.

A diferencia de otros encuentros, Isabel tuvo la sensación de que las cosas eran un poco diferentes. Estaba la lujuria, el deseo de comerse. Sí, había todo eso, pero también tuvo el presentimiento de que había algo más, algo que no pudo definir inmediatamente. Sin embargo, dejó de pensar porque por fin celebró el hecho de estar con Alonso a solas.

Él, mientras, la acariciaba y la abarcaba tanto como podía. Tocaba su cintura, sus caderas, esa piel suave y delicada. La besaba con pasión, pero también con dulzura. Se hacía adicto a ella cada vez más.

Lo cierto fue que las prendas de ropa comenzaron a caer al suelo, hasta que por fin quedaron desnudos. Tanto para Alonso como para Isabel, no había nada mejor que el sentir sus pieles juntas, rozándose una y otra vez.

En seguida siguieron los gemidos de ella, lo que dio paso a que finalmente se echaran sobre esa cama suave y cómoda. Tenían todo ese espacio para los dos y nadie más.

La boca de Alonso volvió a recorrer el cuerpo de Isabel con lentitud. Desde su cuello, pasando por los pechos, chupándolos y mordiéndolos. Cada vez que lo hacía, ella parecía perder la noción de sí misma. Algo que él, sin duda, encontraba increíblemente placentero.

Se quedó allí por un rato hasta que decidió descender poco a poco. Luego de unos segundos, que se sintieron eternos, su rostro quedó entre las piernas de ella. De inmediato sintió la humedad y el calor de ese coño que estaba desesperado por su lengua. Isabel no podía más.

Las manos de ella se dedicaron a acariciar el cabello de Alonso justo en el momento en que sintió que sus labios besaron y chuparon con fuerza su clítoris. Un grito retumbó la habitación… Y luego otro… Y otro.

Alonso se aferró en los muslos de su amante con fuerza, incluso pensó que sus dedos podría atravesar su carne, pero dejó eso de lado para concentrarse en la humedad de Isabel, en el sabor de su coño y en los espasmos que ella hacía por el placer que le daba. Adoraba verla así.

Cada vez que él la lamía y besaba, Isabel sentía que estaba al borde del orgasmo. Era como estar luchando con la urgencia de dejarse de llevar, de correrse violentamente, o esperar un poco más para seguir disfrutando de ese hombre.

En un punto, Alonso alzó la mirada para buscar la de ella. Isabel, como pudo, abrió los ojos y se percató que él estaba observándola. Se quedaron allí, como suspendidos en el tiempo, conectándose de una manera tan potente que no había palabras para describir aquello.

Si bien ella pudo haberse quedado en esa misma posición por un largo rato, de repente tuvo la necesidad de probar su verga. Al principio lo pensó, pero la sensación se volvió más y más urgente, así que se incorporó de golpe, por lo que él quedó con esa mirada desconcertada y expectante.

Se fijó en el momento en el que ella se agachó lentamente para colocarse de rodillas. Mientras lo hizo, mantuvo la mirada fija en él. Alonso no pudo evitar sentir una especie de cosquilleo en la espalda, sabía muy bien lo que sucedería después.

Isabel sacó su lengua y lamió lentamente el glande de él. Lo hizo suave, despacio y con una sensualidad que Alonso pensó que nunca vería. Tanta que se estremeció por dentro.

Cerró los ojos y sólo se dedicó a sentir lo que ella estaba produciéndole. Era increíble, era delicioso. Esa lengua, esos labios, esos ojos grandes y negros que parecían medir cada reacción que hacía.

Al cabo de un rato, él colocó la mano sobre su cabello y lo sujetó con fuerza, como si este fuera una especie de rienda. Esto, además, le dio la oportunidad de regular el ritmo, de imponer un poco de control sobre Isabel.

Ella seguía chupándolo, lamiéndolo con todas las ganas. De vez en cuando hacía unas cuantas arcadas debido al tamaño de la verga de Alonso, por lo que intercalaba movimientos suaves e intensos para incrementar su excitación. Le encantaba verlo deshecho y a punto de desplomarse gracias al placer.

Al cabo de un rato, los dos quisieron sentirse, por lo que Isabel dejó de mamar y Alonso procedió a sostenerla del cabello para llevarla a la cama. Ella se acomodó en cuatro, supo que lo tentaría de esa manera y así fue.

Él se quedó impresionado por esas piernas anchas y esas nalgas grandes y listas para recibir un sinfín de nalgadas. El pobre Alonso se sintió indeciso, no sabía si enterrar su cabeza o penetrarla de golpe. En ese momento pensó que no tenía que descartar una cosa de otra, podía tener las dos.

Así que se inclinó un poco, abrió las nalgas de Isabel de par en par y colocó su cabeza dentro de ellas para lamer con fuerza y desesperación. Isabel no paraba de gritar ni de gemir. Pero tuvo la sensación de que podía hacer que el momento fuera más intenso de lo que ya era, así que comenzó a moverse con rapidez, meneándose.

Alonso se afincó más en sus nalgas y siguió saboreándola como si la vida se le fuera en ello. Tras unos minutos, se incorporó y llevó su verga caliente y dura hacia el coño de Isabel. Comenzó a penetrarla como un animal.

Sus manos se aferraron sobre sus caderas y su pelvis realizaba esas embestidas fuertes. Isabel no paraba de gritar, le encantaba sentir la carne de su amante dentro de sí, esa fuerza, ese calor, el grosor de la verga que parecía romperla por dentro. Quería más y más.

Si bien Isabel le había quedado el gusto de la dominación y sumisión gracias a su amigo croata, pensó que en ese punto ya era su turno para tomar un poco el control... Solo un poco.

Se giró y tomó a Alonso de las manos, hizo que se acostara sobre la cama. Él ya estaba acostumbrándose a aquello de los cambios drásticos, así que le pareció mejor entregarse a lo que estaba viviendo para disfrutar plenamente lo que estaba pasando. Al cabo de un momento, ya tenía encima a Isabel, saltándole y moviéndose sobre su pene.

La tomó de la cintura mientras ella se meneaba. Observó sus

expresiones de excitación, en esa piel morena y brillante, en el cabello negro y largo que cubría su espalda como un manto, sus pechos pequeños y firmes, sus labios gruesos que no dejaba de morder. Era bella como una diosa… Su diosa.

No pasó demasiado tiempo para que ambos comenzaran a sentir la necesidad de correrse. Así que se volvieron a mirar, como si hiciera falta ese momento extra para conectarse otra vez. Se sonrieron entre sí, estaban más listos que nunca.

Un pequeño chillido salió de la boca de Isabel, quien llevó sus manos hacia sus pechos para apretarlos con fuerza. Su rostro se ruborizó un poco y su boca se abrió un poco más. Otro grito seguido de un gemido intenso.

Alonso estaba temblando, ansioso por ver y sentir el orgasmo de ella. Por suerte pasó poco segundos después, lo que le dio la libertad para hacer lo mismo, esta vez, sobre su torso plano y suave.

Las gotas e hilos de semen caliente terminaron sobre esa superficie divina mientras ella estaba en el éxtasis del orgasmo. Sonrió y tomó el rostro de su amante para besarlo. Sin duda, había sido un momento increíble, casi mágico.

Él se quedó reposando un rato junto a ella. Cuando recuperó el aliento, se levantó de la cama y caminó hacia el baño blanco y radiante. Encendió la luz y giró la cabeza para ver a Isabel. Ella estaba mirándolo con una sonrisa, fue como sentir que el mundo se movió debajo de sus pies.

No le prestó demasiada atención a lo que acaba de sentir, pero algo le dijo que era necesario pensar un poco al respecto. No podía irse así de boca… Aunque quisiera.

Se miró por un rato al espejo y luego buscó una toalla húmeda para limpiar a Isabel. De nuevo la encontró sobre la cama, tranquila aunque con el pecho agitado por lo que acababan de vivir.

La ayudó a secarse un poco y luego quedaron quietos, mirando el techo como si esa vista les ofreciera algo interesante para ver. Por una especie de extraño impulso, Alonso tomó la mano de Isabel y la sostuvo, acariciándola. Se sintió feliz.

Cogieron un par de veces más hasta que ella se dio cuenta que tenía una cita pendiente con su hermana. Sabía que de quedarse más tiempo allí sería peligroso para sus ganas. Así que se levantó en medio de la madrugada y se metió al baño para tomar una ducha rápida.

Él hizo lo que pudo para convencerla de lo contrario, por decirle que se quedara un poco más. Total, podía llevarla a casa sana y salva. Sin embargo, Alonso sabía muy bien con quien trataba, Isabel era una mujer libre, suelta, independiente y consciente de sus planes, así que sin importar el argumento, se iría igual. Así era ella.

No le quedó más remedio que verla salir desnuda, arreglarse y acercarse a su rostro para darle un beso.

-Puedo llevarte a casa, de verdad. —Dijo él.

-Ah, no, no. No importa. Quédate a descansar, los dos hemos tenido una semanita de horror. Yo tomaré un taxi en la recepción. Se ven confiables.

-Venga, Isa, déjame llevarte.

-Te he dicho que no. Así está bien.

Se alejó de él y se despidió con la mano. Alonso nunca se había sentido tan confundido como en ese momento. Estaba enojado, pero también con ganas de detenerla. Al final, se quedó allí, maldiciendo su incapacidad de dar un paso hacia adelante.

Como lo había dicho, Isabel llegó en cuestión de minutos a su piso. Aunque le cobraron más de lo que había pensado, se consoló pensando que no había sido un total desperdicio porque ciertamente la había pasado muy bien con él; además, estaba en su casa, uno de sus lugares favoritos en el mundo.

En seguida, se quitó los zapatos y fue hacia el refrigerador para buscar algo para beber. Quedaba una sola botella de Stella Artois, así que pensó que esa era la mejor opción para aplacar la sed. La destapó y tomó un largo sorbo, estaba deliciosa.

Dio unos cuantos pasos y caminó hacia su habitación. No encendió ninguna luz porque se sintió mucho más cómoda con la oscuridad de la madrugada. Al llegar, se echó sobre su cama y cerró los ojos. Estaba más satisfecha que nunca.

Aunque estaba alcanzando el punto máximo de relajación, su mente le jugó en contra. Comenzó a recordar algunas de las cosas que hizo con Alonso.

Al principio no paraba de sonreír, la verdad era que ciertamente le gustaba estar con él, sin dejar de lado que el sexo era increíble. No obstante, pareció detenerse en algunos detallitos como, por ejemplo, en la forma que él la miraba en ciertos momentos.

Pensó que estaba exagerando, pero, ¿qué pasaría si no estaba equivocada del todo? La mente le daba vueltas y vueltas y parecía que no podía salir de ese círculo.

-Me estoy volviendo loca. –Se dijo a sí misma, como una manera para obligarse a dormir.

El sonido del tráfico terminó por despertarla de un solo golpe. Se puso sobre la cama y trató de explotar de la ira. Inmediatamente después, recordó que tenía que encontrarse con su hermana mayor y que sólo le bastaba un poco de tiempo para asearse y salir prácticamente corriendo.

Se levantó maldiciendo por su usual impuntualidad, sobre todo porque Mariana tendría que ir por ella. No paraba de pensar en los sermones que le diría su hermana, así que ya estaba cavilando una forma de compensarlo.

El día estaba más lindo que nunca. A pesar de que aún era invierno, el sol estaba brillante y el cielo lucía despejado. Ante ese reporte del tiempo tan alentador, Isabel optó por usar una falda de jean, unas medias largas, un suéter negro y zapatillas deportivas, el cabello negro y mucho bloqueador solar.

Salió corriendo hacia la cocina para comer algo, miró el reloj que estaba ahí y se dio cuenta que aún tenía libre unos 10 minutos. Abrió entonces la puerta del refrigerador y tomó un poco de leche para no tener el estómago tan vacío.

Terminó de beber y se regresó para ir de nuevo a la habitación a tomar una mochila y un abrigo. Justo en el momento en el que estaba lista, escuchó el móvil. Era Mariana.

-Estoy a unos cinco minutos. Ve bajando, por favor.

-Sí, sí. Ya estoy en eso. —Respondió Isabel haciendo un gran esfuerzo para calmarse y así evitar que su hermana se diera cuenta que estaba acelerada por el ajetreo.

Colgó de inmediato y verificó que no le faltaba nada, corrió de nuevo hacia la puerta con una enorme sonrisa porque se sintió triunfante ante su propio retraso.

Mariana estaba en el coche, aparcada en una de las aceras que estaban frente al edificio en donde vivía Isabel. Tuvo que reconocer que el día estaba estupendo, por lo que tuvo la sensación de que quizás las cosas saldrían bien.

Mientras estaba esperando, repasó mentalmente lo que había planificado los días anteriores. No obstante, se sintió mucho más nerviosa al darse cuenta que ese proyecto también la ayudaría a encontrar la verdad sobre su vida y la de su hermana. En este punto en particular, aún no sabía muy bien cómo podría abordarlo.

-Esto es una tontería. Seguramente es una pérdida de tiempo. Debería dejar eso así –se dijo Mariana a sí misma.

Esa era una costumbre típica de ella. Apenas tenía una idea interesante, procedía a hacer todo lo posible por sabotearse. De hecho, pudo haber continuado hasta que escuchó un grito a lo lejos, era Isabel quien la saludaba desde la distancia.

Le sonrió y pensó que sorprendentemente no se había retrasado, aunque apostó que de seguro no era tanto así.

-¿Tienes mucho rato esperando? –dijo Isabel apenas se subió en el coche.

-No, no. Realmente no –respondió Mariana, un poco turbada.

-¿Y bien? ¿Estás lista? Menos mal que hace un día majísimo porque el lugar que tengo pensado te encantará.

-Vale, tú me dices en dónde queda y me pongo.

-¡Vamos!

Las dos comenzaron a hablar mientras Mariana tomaba el volante en ese sábado de invierno diferente. Iban riendo y comentando sobre cualquier cosa, como en aquellos días en que sus padres las llevaban de paseo por la ciudad.

De vez en cuando, Mariana veía a su hermana de reojo, estaba rozagante, feliz y con una enorme sonrisa. Ella, sin embargo, estaba un tanto ansiosa, con temor por lo que fuera a suceder.

-Sí, sí, tienes que doblar por acá. Te vas a dar cuenta de que llegamos porque es un parque inmenso. Por allí se ve a la gente salir. –Isabel repitió las indicaciones hasta que por fin se toparon con el lugar.

Mariana se quedó sorprendida. Aparcó en un pequeño lugar y se bajó admirando lo que había alrededor. Gente en el césped durmiendo, jugando, leyendo o comiendo. Alzó la mirada y detalló pequeños kioscos y un par de restaurantes en el fondo.

-No tenía idea de que existiese algo así. ¿Cómo sabías de eso?

-Porque salgo más que tú, Mariana. Por eso.

-Bah, no vayas a empezar.

Volvieron a reír y decidieron ir a uno de esos kioscos para comprar algo de comer y buscar para sentarse y hablar. Un par de enrollados de pavo y gaseosas después, Mariana tomó un paso al frente, aclaró la garganta y se preparó para decirle el plan que tanto había pensado a su hermana.

-Bueno, creo que llegó el momento de comentarte lo que hemos quedado… Finalmente.

Isabel se acomodó sobre el banquito de cemento y se quedó mirando a Mariana con suma atención.

-Tenías razón en algo, sí me quedé pensando en todo lo que hablamos en la reunión con las muchachas. También me puse a pensar sobre mis relaciones pasadas, por las incomodidades por las que tuve que pasar. Creo que todas hemos atravesado por ello y traté de encontrar una explicación…

-Vaya, esto suena a una especie de revelación. —Interrumpió Isabel, con una sonrisa medio burlona.

-No seas tonta, y no me interrumpas. La cuestión es que quiero investigar sobre rituales sexuales que hay en el mundo para darle conocer eso a las mujeres, que sepan que es posible sentirse libres, plenas y contar con la fidelidad de sus parejas al mismo tiempo. Esto requiere de una investigación más allá de un escritorio, esto es prácticamente una búsqueda del tesoro, pero con la variante de que sí seremos capaces de encontrar lo que queremos. ¿Qué te parece?

Aunque Mariana practicó un discurso mucho más elaborado,

se sorprendió de su resumen. Mientras, Isabel se quedó impresionada, de hecho, tuvo que tomar un poco de lo que le había quedado de la gaseosa para contar con algo de tiempo para pensar.

Pero no pudo evitar pensar que la idea de emprender una aventura sonaba bastante bien. Sería algo que le daría la excusa perfecta para salir de la rutina y también para conocer los secretos de las mujeres y el sexo alrededor del mundo.

-Creo que es una locura y ¡me encanta! Sólo puedo pensar en las cosas que podemos hallar y de verdad es algo que me emociona mucho. ¿Por qué no me lo dijiste antes?

Mariana sonrió de alivio al darse cuenta que podía contar con ella para lo que tenía en mente.

-Tenía miedo de lo que pensaras de mí. Sé que es un absurdo, pero no paro de pensar de que quizás sea una buena idea. Quiero reunir toda la información posible para copilarla en un libro y así todas tengan la opción de leer el contenido. Tomará trabajo y dedicación, cruzar datos e incluso entrevistas. Es una responsabilidad que debemos tomar seriamente desde el principio.

-Pues me parece estupendo. Tenemos que concentrarnos entonces en las cosas que tenemos que hacer y en los lugares que debemos visitar. Establecer un mapa de rutas para aprovechar todo lo posible en la investigación…

Mariana observó a su hermana haciendo cálculos y planes con las manos. Cada tanto pensaba en lo que ambas podían lograr.

-¿Te imaginas que esto se convierta en un *best seller*? Seríamos como una especie de autoras revolucionarias para las mujeres, un símbolo de orgullo y liberación femenina. Porque esto, creo yo, no sólo será conveniente para mujeres con parejas, sino para todas en general. Es un regalo que debemos dejar para que se nutran de eso.

-Me parece estupendo. ¿Sabes? Creo que hay que hacer la logística lo más pronto posible, así no pasará demasiado tiempo para emprender el viaje.

Isabel se levantó de repente, como si estuviera experimentando una descarga de energía.

-Estoy de acuerdo. Estimemos una fecha y trabajemos en función de eso. Yo podría diseñar la portada y hacer la maquetación, tú te encargarías de escribir. Como te mueves en el círculo de editores, seguro encontraremos a alguien interesado.

-Sí, sí, pero recuerda –insistió Mariana- es un trabajo, una responsabilidad. Debemos tomar esto como si fuéramos investigadoras del más alto nivel. Ni más ni menos.

-Vale, vale. Está bien. Eso lo sé.

La conversación se extendió a tal punto en que las dos no se dieron cuenta que había caído la tarde. Hubo un punto, incluso, que decidieron irse a un restaurante para cenar y hacer la planificación correspondiente.

Para alegría de Mariana, el plan estaba poniéndose en marcha mucho más rápido de lo que había pensado y eso le dio un nuevo impulso para no dejarse vencer por su propio autosaboteo.

Luego de dejar a su hermana en su casa, Mariana se dirigió a su piso en el centro de la ciudad. Por un lado se sentía bastante entusiasmada y eufórica. No paraba de pensar en las cosas que tenía que hacer para organizar el viaje. Pero, por otro, recordó de inmediato el verdadero motivo de la aventura. Sabía que de descubrir la verdad, la situación tanto para ella como para su hermana, cambiaría drásticamente.

-Ya pensaré en algo. –Se dijo mientras seguía manejando con la mirada hacia el horizonte y con una sensación de esperanza.

# 3. LA AVENTURA COMIENZA

Isabel estaba en el escritorio de su oficina pensando en las palabras que diría a Alonso. Ya había hablado con algunos gerentes sobre la licencia que se tomaría. No hubo problema y todo salió bien. Sólo le recordaron que hiciera el intento de regresar lo más pronto posible porque "la necesitaban y mucho". Ella sólo se limitó a asentir.

Prácticamente todos los obstáculos estaban resueltos salvo uno. Alonso era el gerente general y su amigo para follar. Se dio cuenta que estaba en medio de una situación un tanto complicada en donde aflorarían los conflictos de intereses.

Al principio pensó que no debía existir problema alguno. Estaba al día con su trabajo, por lo que no había retraso. En cuanto a lo otro, pues, tampoco tendría que ser un problema puesto que ella es una mujer fuerte, independiente y, sobre todo, soltera. Entonces, ¿qué problema tendría que existir?

Lo cierto era que ella estaba aún en el escritorio, tamborileando los dedos y con la mirada fija hacia el otro lado de la habitación.

Alonso estaba en una reunión en su oficina, tenía la expresión seria de siempre, mientras escuchaba a alguien hablar. Isabel sabía que dentro de poco se desocuparía, así que se levantaría y hablaría con él para dejar las cosas en claro.

-No entiendo por qué me siento así. No estoy cometiendo un crimen, joder. —Se dijo a sí misma al darse cuenta que él ya estaba solo en la oficina.

Isabel hizo de tripas corazón y de repente se puso de pie. Se dio cuenta que estaba temblado. Respiró profundo y caminó hacia la puerta de la oficina para atravesar los puestos y cubículos que estaban allí. Como siempre, la actividad de la agencia era bastante movida, pero por alguna razón, ella veía todo como en cámara lenta.

Se acercó hasta que finalmente asomó la cabeza en el umbral de la oficina de Alonso. Él alzó la mirada como dando a entender que no esperaba esa visita, de inmediato esbozó una sonrisa e Isabel sintió que se había derretido por dentro.

-Hola, estaba en una reunión. ¿Cómo va todo? —se adelantó Alonso.

-Bien, bien. Sólo vengo a decirte que me tomaré una licencia. Ya hablé con algunos de los chicos y me faltabas tú.

Isabel no le dio oportunidad para que dijera algo. Prácticamente pareció vomitar esas palabras sin más. El rostro de Alonso permaneció intacto y ella no supo muy bien cómo reaccionar al respecto.

Al cabo de unos incómodos segundos, él se acomodó en la silla y la miró fijamente.

-Bien, ¿cuándo piensas regresar?

-No lo sé aún. Es algo que tomará un poco de tiempo, pero trataré de estar al pendiente.

Alonso no supo muy bien cómo sentirse. En realidad, no había demasiado problema con que ella se fuera, ya que Isabel era una mujer responsable y puntual. Sin embargo, sintió como si algo le oprimiera el pecho, como si la distancia aún no presente, ya le estaba resultando molesto.

-¿De verdad no tienes idea? ¿No te parece que resulta una respuesta bastante vaga?

Isabel se puso a la defensiva. Pasó del temor a la rabia en un dos por tres. Ella, acostumbrada a la libertad, a no rendirle cuentas a nadie, estaba allí por el mero compromiso que le obligaba el trabajo, de resto, la opinión de la gente le daba igual.

-Tengo todo al día y me comprometí a prestar mi ayuda en

cuanto se necesite. Lo que no tiene sentido es el hecho de que me tome un tiempo para algo que tengo que hacer y se forme un drama. La oficina no se va a derrumbar. —Sentenció tajantemente.

Él la miró con cierto reproche. La tensión que se estaba sintiendo, escaló peligrosamente.

-Es tu trabajo y tienes que hacerte responsable.

-Soy una persona responsable. Lo he demostrado más de una vez. No entiendo por qué el drama.

-¿Así que esto te parece dramático?

-Pues déjame decirte que sí. Estás exagerando, es una licencia por el amor de Dios, es algo que la gente hace todos los días.

-Tú eres diferente, eres líder de un departamento. Tu responsabilidad es quedarte.

Los ojos de Isabel se encendieron y se plantó con más fuerza sobre el suelo.

-Me importa poco si eso te incomoda o no. Ya hablé con el resto de los gerentes y no tienen problema con ello. Me iré te guste o no.

Salió de la oficina prácticamente echando chispas. Cuando lo hizo, se percató que algunas personas los veían con sorpresa. Pareció que la luna de miel de buenos tratos y amabilidad por fin se había acabado.

Alonso solo se quedó con el consuelo de mirarla irse de esa manera. De inmediato se puso a pensar la razón por la que reaccionó así. Estaba confundido y aturdido, pero también era un hombre orgulloso, no daría su brazo a torcer.

Al otro lado de la ciudad, Mariana estaba sentada en el escritorio de su apartamento del centro, con la mirada fija en el monitor. A la vez, escribía violentamente en una pequeña libretita. Miraba y escribía, y así iba en una constante sincronización de sus movimientos.

Tras un rato, miró la hoja que tenía en frente y se dio cuenta que había dado con un esbozo bastante decente de lo que sería la ruta del viaje. Pensó durante un largo rato y se decidió que lo primero que investigarían serían los mundos oscuros del BDSM.

Mariana sabía que su hermana ya tenía experiencia sobre el tema, así que no le resultaría demasiado ajeno. Por otro lado, también podría ayudarla en conocer un poco más ese aspecto y en situaciones que le pudieran resultar difíciles de entender.

Estuvo un poco confundida sobre por dónde comenzar, aunque luego supo cual sería el punto de partida. Según algunos registros, el BDSM se hizo una práctica común de la comunidad gay en los Estados Unidos e Inglaterra.

Algunas fuentes no daban un origen en específico, pero la insistencia de investigar le permitió encontrar información importante: se cree que originalmente nació en Londres, a principios del siglo XIX.

-¡Bingo! —pensó cuando encontró ese dato que tanto le costó hallar.

Caminó por el piso debido a los nervios. Estaba emocionada y no podía esperar a decirle a su hermana. Tomó el móvil y comenzó a hablar con ella, quedaron de acuerdo en que comprarían los boletos de avión para los próximos días. Luego, se dedicarían a hacer un proceso de recolección e investigación, para luego establecer las nuevas rutas de viaje.

Mariana le explicó a Isabel todo en detalle, con pausa y tranquilidad. De hecho, antes de llegar a ese punto, procuró copiar itinerarios de otros viajeros para tener un panorama más claro y así evitar la improvisación… O al menos disminuir el margen de error y de problemas.

-Salgamos este viernes. Aún tengo que resolver unos asuntos antes de irme. ¿Qué te parece? —respondió Isabel desde el otro lado de la línea.

-Perfecto, haré la reserva y procuraré investigar más sobre los sitios para que podamos hacer la recolección de datos. No sabes lo mucho que esto me emociona.

Claro que sabía, Isabel conocía a su hermana y el entusiasmo que le despertaba el proyecto. Sería más que un viaje para hacer un libro, sería la oportunidad para que ella fuera más valiente y decidida.

-Vale, entonces llámame en cuanto puedas. Disculpa no poder ayudarte como se debe.

-No te preocupes, Isa. Sé que estás algo copada de trabajo. Ocúpate de lo tuyo… Mientras puedas porque sí que te pondré a trabajar.

Luego de escuchar una sonora carcajada, Mariana colgó la llamada para volverse a concentrar en las cosas que tendría que hacer para la planificación del viaje. Aquella pequeña libretita negra, tipo moleskin, sería la principal guía para todo lo que vendría.

Mariana no era muy diestra para empacar, por más que pensara que sí. De hecho, era algo que detestaba hacer por lo que casi siempre lo dejaba para lo último… Como en ese momento.

Era jueves en la noche y la maleta de recubierta dura y de color metálico, descansaba sobre su cama, abierta, como una enorme boca. Ella se quedó mirando la tela negra de fondo y el par de jeans que había metido casi por un movimiento mecánico.

Giró un poco la cabeza y se encontró con la pequeña libreta con las anotaciones que había hecho durante la investigación que había realizado durante esos días. De repente sintió una sensación fría en el estómago. Asumió que tenía relación con los nervios y con el estrés.

Podía ser el hecho de viajar a lugares desconocidos, compartir tiempo con su hermana o la remota posibilidad de toparse con aquella verdad que por tanto tiempo había callado y guardado dentro de sí. Era una mezcla de emociones tan intensa, que por un momento pensó en echarse para atrás.

-Me tengo que quedar tranquila. Ya empecé esto así que tengo que continuar. Debo hacerlo por mí, por Isabel… Por todas.

Mariana se calló a sí misma y siguió con el ejercicio molesto de guardar la ropa, se tomaría su tiempo porque tal vez olvidaría las cosas. Al menos de algún modo. Siguió así hasta que terminó, luego preparó una muda de ropa para el viaje y luego se acostó sobre la cama para dormir finalmente.

Mantuvo la mirada fija al techo y luego se colocó de lado para ver la ventana. Todo parecía tan tranquilo y apacible. Deseó con todas sus fuerzas que las cosas siempre fueran así, pero sabía muy bien que sólo era eso, un deseo. Entonces cerró los ojos y se obligó a sí misma a descansar, era necesario.

El sonido del despertador fue tan fuerte que Isabel dio un brinco sobre la cama.

-¡JODER! —se asustó un poco porque pensó lo peor.

Respiró agitadamente por un rato hasta que se dio cuenta que tenía tiempo suficiente para arreglarse. En ese momento se dio cuenta que había puesto esa alarma para aprender a ser puntual.

Se bajó de la cama con prisa y decidió tomar una ducha fría para despertarse y dejar de lado la tentación de tomar otros cinco minutitos. Volvió a gritar del frío. Pero bien, eso formaba parte de una nueva rutina para convertirse en una adulta responsable y puntual.

Salió echando pestes por la boca hasta que recordó que ese día saldría de viaje. Se trataba nada más y nada menos que de un proyecto familiar con el fin de llevar iluminación a esas mujeres que no tenían la oportunidad de sentirse bien consigo mismas. Sería un regalo para el mundo y no podía esperar por presentarlo.

Aunque estaba contenta por lo que se venía, el recuerdo de la expresión ofuscada de Alonso la descolocó un poco. Quiso entender la razón de su molestia y también de la suya. Frunció el entrecejo y experimentó ese malestar que comenzó a nacerle desde la boca del estómago.

Se miró al espejo mientras terminaba de peinarse y se llamó la atención a sí misma.

-Ya basta, eh. Vas a viajar con tu hermana y es muy probable que veas a muchos coños y vergas felices. Así que déjalo ser… Vamos, respira… Venga. Uno, dos, tres… Así, así. Muy bien. Es un día bonito, es un día feliz. Sí se puede.

Repitió los mantras hasta que se sintió un poco más tranquila. Miró el reloj de la mesita de noche y supo que su hermana estaba próxima a buscarla e ir al aeropuerto. Salió a la habitación y revisó la maleta y el morral. Verificó que todo estaba en orden y bajo control.

-Bien, es hora de comenzar.

Pocos minutos después, ya había saludado a su hermana y ya se encontraba en el coche de ella, hablando sobre los planes para la aventura.

-Vi en los boletos que iremos a Londres. Parece emocionante, no hemos ido desde niñas. ¿Por qué allí? El primer lugar que me imaginé era una playa paradisíaca con muchos hombres aceitosos y mujeres curvilíneas. –Dijo Isabel.

-Iremos a un par de lugares así, pero resulta que me topé con algo interesante. Se dice que allí surgió el mundo BDSM. Y conozco a alguien que sabe un poco del tema...

Mariana hizo una mirada pícara hacia su hermana. Isabel hizo un respingo y procedió a levantar los hombros.

-Bueno, no tengo un prontuario demasiado interesante. Sólo compartí un par de meses con un croata que más o menos me enseñó a ser sumisa. No es nada del otro mundo.

-Pero tienes que admitir que es un buen punto de partida. Además, no quería que llegáramos a un lugar y que estuviéramos perdidas, o al menos no demasiado. No pongas esa cara, será interesante.

Aunque esa parte de su vida no le daba vergüenza, era un asunto que no sabía si estaba preparada para exponer. Sin embargo, se tranquilizó de inmediato cuando se dio cuenta que estaba con su hermana y que podía confiar plenamente en ella.

Mariana aparcó en uno de los puestos cerca de la entrada principal, y se dispusieron para hacer el registro de los boletos. El proceso de dejar las maletas y de encontrar la puerta de embarque, se les hizo muy rápido.

Mientras las dos estaban sentadas, Mariana analizaba el itinerario, el hotel a donde llegarían y las actividades que había propuesto durante el tiempo que estuvieran allí. Isabel se había quedado dormida junto a ella, Mariana la miró y se dio cuenta que todo el tema del libro era sólo la punta del iceberg. Así que suspiró y luego llevó la mirada hacia el gran ventanal que estaba justo al lado. Aprovechó un poco el momento de tranquilidad.

-"Pasajeros del vuelo L501 con destino a Londres, pueden prepararse para abordar. Pasajeros del vuelo L0501 con destino a Londres, por favor acercarse a la puerta de embarque".

Mariana y una Isabel sobresaltada debido al sueño, se levantaron de las sillas e hicieron una fila para entrar. En cuanto llegaron a la manga, Isabel comenzó a saltar de la emoción, como una niña.

Finalmente entraron al espacioso avión y procedieron a sentarse juntas. Isabel sostuvo a su hermana con fuerza y con los ojos oscuros, brillantes como luceros.

-Estoy muy feliz por hacer esto contigo. No pensé que sería así de emocionante. De verdad, gracias por invitarme.

Mariana miró a su hermana y le acarició el largo cabello.

-No podía ir con alguien más.

De inmediato se quedaron mirando por la ventanilla, como absortas en la formas de las nubes, mientras la aeromoza les extendía algo para beber. Mariana se guardó la esperanza de encontrar la respuesta a esa pregunta que tenía en el corazón. Tenía la esperanza de que fuera así.

# 4. LAS HERMANAS Y EL MUNDO OSCURO

El corazón de Mariana comenzó a latir con fuerza. La situación se estaba haciendo más real cada vez. Luego de pasar el cordón de migración, tanto como ella e Isabel, se apresuraron a tomar un taxi.

Por suerte, no tuvieron que esperar demasiado para hacerlo y mientras iban camino a un hotel en el corazón de esa vibrante ciudad, Isabel no paraba de tomar fotos del camino y de hablar con el taxista.

-Tenía tanto tiempo sin venir. ¡Está más lindo que la última vez!

-Sí lo está, señorita. Y hay muchos sitios para visitar, tanto usted como su hermana la pasarán muy bien.

De nuevo, esa Isabel de 30 años quedó a un lado para convertirse en una niña emocionada por la aventura. Mariana sólo se limitaba a tomarla del brazo para tranquilizarla un poco.

Un rato después, ya estaban registrándose en una pequeña posada estilo eduardiano. Paneles de madera y paredes blancas con muebles un poco rústicos y jarros de flores en casi todas partes. Por suerte, estaban en primavera, así que el clima era agradable para caminar.

Dejaron las maletas, se lavaron un poco y se cambiaron para volver a salir. Mariana tenía su fiel cuaderno de anotaciones y un mapa. A pesar que habían pasado vacaciones durante su niñez y adolescencia, tenía que refrescar unas cosas antes de emprender la investigación.

Sin embargo, Isabel era un caso aparte. Esa relación un poco intensa con el croata de la universidad, le hizo recordar una anécdota interesante. Él le comentó de la existencia de un local BDSM en Londres, donde las mujeres sólo podían entrar. Ningún hombre tenía conocimiento del lugar, puesto que era manejado con sumo secretismo.

Ella se quedó un largo rato tratando de recordar el nombre hasta que se le iluminó el cerebro. Sacó rápidamente el móvil y comenzó a teclear en la pantalla de su iPhone 6. Esperó unos segundos, cuando dio con el nombre e hizo una gran sonrisa.

-MARIANA, ESPERA UN MOMENTO.

Su hermana se quedó helada sobre la acera ante aquel poderoso grito. Giró la cabeza con una mueca de miedo y vio a Isabel correr hacia ella.

-Recordé un lugar del que me hablaron y no está muy lejos. Creo que será muy interesante para el libro. ¡VENGA! Apúrate que no podemos perder el tiempo.

A Mariana no le quedó más remedio que guardar sus implementos de búsqueda y seguir a Isabel por las calles de Londres. Para la época, había un importante número de turistas que iban a toda marcha, así que ella hizo lo posible para no perderla de vista.

Finalmente, pilló que Isabel comenzó a desacelerar y que se había enrumbado hacia un callejón alejado del centro. Se preocupó mucho, puesto que el movimiento era mucho más suave y tranquilo. Sin embargo, se encontró con algo que la atrapó de inmediato.

Un aviso de neón rojo iluminó el rostro triunfal de Isabel:

-¡Sí! Lo logré.

-¿"Red Circle"? –Alcanzó a decir Mariana.

-Sí, así es. Es un lugar supuestamente exclusivo para mujeres en el BDSM y para quienes desean curiosear al respecto. La entrada a los hombres está prohibida. ¿Acaso no es genial?

-Guao, la verdad no pensé que existiera un lugar así.

-Bueno, es momento de averiguarlo.

Isabel se colocó frente a una puerta de madera con ciertos detalles de metal que parecía oxidado. En la misma, se encontraban un par de rejillas, una a la altura de los ojos y otra al nivel de las rodillas. Extendió el brazo luego de respirar profundo; después, se echó para atrás. Ambas esperaron en medio de esa luz roja y las expectativas que sentían en el momento.

Se escuchó un movimiento suave y lo que parecía ser un par de voces. La respiración de Mariana comenzó a agitarse, deseaba entrar en ese mundo.

La rejilla superior se abrió de repente y un par de ojos verdes se dedicaron a inspeccionar a las dos mujeres que estaban al otro lado.

-¿Cómo saben de este lugar? —dijo la voz detrás de la puerta.

-Soy sumisa y quiero saber más del arte BDSM. Ambas, más bien. Nos han dicho que este es el lugar. —Respondió Isabel con seguridad. Mariana, por otro lado, agradeció que su hermana supiera la jerga. Ahora, sólo era cuestión de esperar.

Los ojos verdes se entrecerraron un poco. Luego de unos eternos segundos, hubo un ruido más que pareció indicar que la puerta estaba abriéndose. Poco a poco, Isabel y Mariana pudieron ver lo que hubo en el interior hasta que se le presentó la imagen de una mujer alta, entrada en carnes y de cabello rojo y abundante.

-Aquí le damos la bienvenida a nuestras hermanas. Adelante.

La mujer estaba vestida con un corsé de encaje de negro, falda larga y un chal haciendo juego. Tenía los labios rojos y un collar de cuero grueso que tenía un ancho anillo de metal plateado.

-Me llamo Lady Roux. Este es un lugar solo para ustedes, para nosotras. ¿Qué buscan?

Mariana sintió un poco de nerviosismo, pero trató de tranquilizarse un poco.

-Muchas gracias por recibirnos. Me llamo Mariana y ella es mi hermana menor, Isabel. Queremos saber más del BDSM, es un mundo que nos intriga y se nos ha dicho que usted sabe mucho de ello.

-Querida, sólo he acumulado años en conocimiento, pero para ser sincera, no soy una persona egoísta. Cada chica que viene acá es bienvenida y guiada en este camino. Tú debes saberlo – miró a Isabel-, pero vengan, justamente han llegado en un buen momento.

Las dos se adentraron por fin a esa tienda estrecha, pero larga. Allí, se encontraron con una serie de aparadores con máscaras de látex, cuero y también de estilo barroco, como aquellas que se ven en los carnavales de Venecia.

Unos estantes exhibían consoladores de todos los tamaños, colores y texturas. De hecho, Mariana se sintió tan fascinada que su mirada quedó fija en un buttplug de cristal. Por un momento lo deseó desesperadamente para sí misma.

Disfraces de camareras, enfermeras, bomberas y hasta de gata. Colas de zorro, collares de cuero y látex, látigos y cadenas, desde las más finas hasta de aspecto grueso y pesado. Esposas, cuerdas y hasta cinta adhesiva. Todo parecía ser una especie de juguetería para las mujeres que querían ir allí. Sin embargo, Lady Roux no se detuvo en la tienda, siguió caminando hasta que entró a una habitación escondida por una cortina de cuentas negras y unas cajas de cartón.

Las hermanas entraron y se encontraron con una mesa redonda de madera que estaba cubierta por un mantel rojo. Una luz amarilla le daba la sensación de que una sesión espiritista estaba por comenzar.

-Venga, siéntense. —Lady Roux señaló unas cuantas sillas para que Isabel y Mariana pudieran sentarse. Ella después hizo lo propio.

Mariana estaba un poco preocupada por el hecho de que la mujer pudiera sentirse cómoda en hablar libremente. Por ello se dedicó a sacar lentamente su libretita y un boli que tenía cerca. Respiró profundo y esperó.

-El nombre de mi tienda corresponde a esa mesa —empezó Lady Roux-, es un símbolo porque es aquí en donde traigo a las visitantes que siento que quieren realmente saber de eso. Como se habrán dado cuenta, la tienda tiene de todo, cualquiera puede pasar horas y horas y encontrar lo que le hace falta para ella y su pareja. Pero eso sí, no todas vienen acá. Digamos que es una especie de secreto que sólo comparto con unas cuantas.

-Es un lugar curioso e impresionante. —Señaló genuinamente Isabel, mientras Mariana no paraba de escribir.

-Lo es porque he tratado de que cada mujer que venga trate de sentirse cómoda consigo misma. No es fácil. La sociedad nos empuja hacia un lado oscuro, lleno de inseguridades. Como si quisieran que tuviéramos miedo de nosotras mismas y eso aquí no existe.

-¿Cómo empezó esto? La tienda y esa iniciativa. —Preguntó Mariana.

-Fue gracias a mi época como sumisa. Apenas formé parte del BDSM, quedé absorbida por los términos y por el estilo de vida. Fue casi como una revelación. Incluso, ahora que recuerdo, sentí que fue como encontrar el sentido de mi vida. Así de poderoso... Lo cierto es que conocí a un amo dulce, pero muy dado a la disciplina. Pasé mis días tratando de complacerle tanto como podía. Me reinventaba cada vez más y comprobé que era posible tenerlo a mi lado. Sin embargo, nuestra relación fue erosionándose. Las cosas dejaron de funcionar y tomamos caminos separados…

En ese momento, Lady Roux tomó una pausa. Mariana e Isabel se quedaron en silencio y a la expectativa de lo que seguiría después. Luego de un largo suspiro, la mujer voluptuosa continuó.

-…Creo que fue el momento en el que pensé que era necesario crear un lugar en donde cualquier mujer pudiera hallar su centro, su camino y su libertad de ser como quisiera. Un lugar que le diera las herramientas para liberar su sexualidad y compartir la alegría que aquello produce con la persona con quien esté. ¿Si es difícil? Lo es, más no imposible. Hay formas de mantener al hombre a nuestro lado, sin duda, pero lo complicado realmente es ser fiel a sí misma.

Mariana se quedó pensativa justo cuando se dispuso a escribir esas palabras en su pequeña libreta negra. Lady Roux la miró fijamente por un rato, mientras que Isabel estaba un poco incómoda por el ambiente. Ante ello, decidió hacer una pregunta:

-Entonces, ¿cómo se logran ambas cosas? ¿Cómo es posible ser fiel a ti misma cuando eres sumisa? ¿No se supone que debes entregarte por completo ante ese hombre que dice ser tu amo y señor?

Lady Roux llevó la mirada hacia la superficie de la mesa y suspiró un poco. Isabel y Mariana supusieron que la respuesta requería un poco de tiempo. Finalmente, alzó los ojos para observar a las hermanas.

-Verán, es cierto que una sumisa debe entregarse en pleno. Debe dar no sólo su cuerpo, sino también su mente y corazón a la persona que desea fervientemente. Su disposición es complacer en todo momento y de todas las maneras posibles. Eso suena muy sencillo y hasta romántico, pero hay algo que la gente no te dice porque esto se trata de un asunto muy personal. La sumisa —o el sumiso en todo caso- debe ser una persona fuerte mentalmente. Sabe el riesgo que representa el dar todo de sí al otro. Significa derribar los muros, prejuicios y miedos para confiar plenamente. Debe comprender sus propios límites, gustos y objetivos. Eso requiere de fidelidad y conocimiento profundo de uno mismo. Y no todos nos dedicamos a eso.

Se acomodó un poco en la silla y luego echó un mechón de su cabello rojo hacia un lado. Lo hizo con una gracia especial y muy sensual. Era una mujer bastante consciente de sus movimientos.

-Yo aprendí a dar placer, siempre. A esperar arrodillada por la orden de mi señor y convertirme en la ramera que él quería. Me sometí a situaciones complejas pero que también representaron un redescubrir de mí misma. Pasé límites y también me quedé resguardada entre ellos. Si bien estaba dando lo mejor, no fue así conmigo misma. Me dejé en un segundo lugar y fue lo peor que pude hacer. Al final, me quedé destrozada, rota y sin rumbo. Tuve que empezar de nuevo.

Mariana se quedó en silencio. Ya no tenía el rostro pegado a las hojas de la libreta porque se dio cuenta de que tenía que escuchar esa historia tan fascinante. Aquello de la fidelidad hacia una misma retumbó en su cabeza con una fuerza extraordinaria. Al cabo de un momento, se atrevió a preguntar.

-¿Cómo lograste hacer ese cambio?

-Me dije que la prioridad era yo. Es decir, sé lo que me gusta y cómo me gusta, pero carecía de confianza y autoestima. Quería que mi dominante de turno me amara y cuidara, muy a pesar de mi propia comodidad. Es como el dicho: "hay que poner orden en la casa", y así debía ser. Comencé entonces a trabajar mis emociones y mis sentimientos, a no castigarme por los errores y, sobre todo, a aceptarme. Todo eso se convirtió en lo principal para convertirme en lo que soy ahora: una sumisa-masoquista que ama el dolor y la humillación, que encuentra liberación en lo que hace y que lo disfruta inmensamente. Esto que ustedes ven acá, señoritas, es un estilo de vida, una forma de ver las cosas y es lo mejor que hay en el mundo.

Terminó esas palabras con una amplia sonrisa, como si estuviera a punto de soltar una carcajada. Mariana comprendió que la complejidad del libro quizás iba mucho más allá de los métodos para complacer a los hombres. Era una especie de llamado a la reflexión que debía hacer.

-Ahora bien, -dijo Lady Roux- eso es lo más importante. Pero supongo que también han venido para averiguar otros aspectos interesantes. Acompáñenme para que vean de qué les hablo.

Las tres se levantaron de la mesa y salieron de ese lugar para ir hacia la tienda. Gracias al aviso de neón, la luz roja seguía iluminando varias paredes y anaqueles de ese lugar. Lady Roux caminó entre varios de esos estantes hasta que se detuvo en uno bastante grande y alto.

-A ver, digamos que ustedes quieren ser sumisas y todo lo que implica. Para ello, necesitan saber lo elemental y es por ello que tengo más de estos materiales que del resto. De hecho, las chicas y mujeres que vienen son novatas que buscan explorar un poco sus límites.

En las repisas se encontraban exhibidos desde látigos pequeños y sencillos, hasta consoladores y vibradores. No tenían aspectos demasiado extravagantes, sino más bien simples. Mariana e Isabel pasaron la vista para encontrar también máscaras, cuerdas negras y hasta esposas.

-Esto es lo esencial. Cuerdas para hacer amarres sin complicaciones y látigos pequeños y medianos con materiales de calidad para no dañar —demasiado- la piel.

Mientras Lady Roux hablaba, Isabel se acercó para tomar un fuete de cuero con la punta en forma de corazón. Lo miró por un rato y pensó de inmediato en la relación que tuvo con el croata. En esas veces en dónde trató de llevarla hacia sus límites más oscuros.

Ella también recordó el nivel de entrega que tuvo que experimentar para que la relación se diera de la manera como se dio. Suspiró por un momento y pensó que podía llevar ese fuete consigo para no descartar situaciones futuras.

Mariana, en cambio, no paraba de registrar con puño y letra las funciones de los diferentes consoladores y buttplugs. Había de cristal, plástico y otros hasta desprendían líquido para simular la eyaculación.

Lady Roux se paseaba por la tienda explicando que otros productos populares eran los trajes y disfraces.

-Es increíble, pero hubo meses en que sólo vendía esto. Uniformes de colegialas o enfermeras, bomberas y hasta de sirvientas. Me parece divertido que la gente busque la manera de materializar las fantasías y las hagan más reales.

Al final, Mariana se detuvo junto a la mujer para preguntarle algo a modo de terminar la aventura:

-¿Esto funciona para que un hombre mantenga el interés?

-En la mayoría de los casos, sí. –Respondió Lady Roux.

Lo ideal es que la mujer sienta que es libre y que puede manifestar su creatividad sin problemas. Esto se logra a través de una buena comunicación. De lo contrario, he de decir que será muy difícil que las dos partes logren congeniar.

Mariana sólo asintió y siguió registrando esas sabias palabras en su mente y en las hojas blancas. Ansiaba vaciar todo lo que había logrado acumular en un día.

El sonido de la caja indicó que Isabel acababa de pagar ese fuete de cuero que sostenía con fuerza. Mariana la observó con ese rostro de genuina felicidad.

Luego de entregar el vuelto, Lady Roux se quedó pensando un rato hasta que las miró a las dos.

-Tengo una propuesta. Esta noche se celebrará una reunión BDSM y creo que sería interesante que ambas vayan para que descubran cómo funcionan las cosas. Esta es la dirección...

Tomó un trozo de papel y escribió la dirección. Debajo de ella, se dispuso a dibujar un pequeño mapa.

-... No es demasiado complicado de llegar, pero sí de entrar. Sólo tienen que decir que vienen de mi parte y listo. No tendrán que preocuparse de lo demás.

-¿Debemos llevar algo? Me daría un poco de pena que no quedemos bien. –Respondió Mariana.

-No, no. Para nada. Esas reuniones tienen todo lo que se necesitan. Lo único sí que es exigente es la vestimenta. Tienen que ir de negro. Digamos que se trata de un código bastante estricto. Por lo demás, no tienen por qué preocuparse. Es a las 10. Las espero. ¿Vale?

-Por supuesto que sí. –Se aventuró Mariana.

Salieron y fueron rápido al hotel para comer y descansar. Fue increíble darse cuenta que las dos progresaron en cuanto a las historias. Después de unas cuantas horas de sueño y un par de hamburguesas con patatas, Mariana encendió la laptop, conectó los audífonos y se dispuso a escuchar 1979 de The Smashing Pumpkings. Comenzó a teclear para transcribir la entrevista que le hizo a Lady Roux. Isabel, en cambio, salió para encontrar la dirección y así no perderse.

Mientras las palabras se formaban sobre la hoja de Word, Mariana no pudo evitar pensar en lo que dijo Lady Roux, en que la clave era mantenerse fiel a sí misma. Seguía en su mente porque esto también parecía tener que ver con el hecho de seguir con su empresa principal. El encontrar una respuesta que pudiera cerrar el capítulo que tenía en su alma y corazón.

No pudo evitar recordar en su hermana, en la alegría que sentía por la situación en la que ambas estaban involucradas.

-Es necesario. Esto es necesario. No puedo dejar esto a medias. Es imposible. —Se dijo a sí misma mientras trataba de concentrarse de nuevo.

Transcurrió la tarde y parte de la noche. Ambas quedaron de acuerdo en tomar una cena ligera antes de salir a ese sitio de reuniones.

-Di varias vueltas por la calle, manifestó Isabel mientras engullía un sándwich de atún. -Casi me di por vencida, pero la verdad es demasiado fácil llegar. Casi me burlo de mi propia ineptitud.

-¿Qué crees que encontremos allá? No te negaré que me siento un poco nerviosa al respecto.

-Mariana, sólo te puedo decir que es un mundo propio. Es posible que te encuentres un poco descolocada, pero tienes que recordar que ese tipo de espacios son importantes para que esa gente por fin deje libre su verdadera esencia. Sólo tienes que tratar de relajarte y dejarte llevar.

Mariana respiró profundo y procuró terminar de cenar para comenzar a prepararse. Ya tenía consigo la libreta y el móvil que también le servía de grabadora.

-Venga, es hora de irnos. Es preferible ser puntual con estas cosas.

Así pues, Isabel y Mariana se levantaron de la mesa como si fueran niñas exploradoras que están a punto de emprender una importante misión: la liberación sexual de la mujer.

# 5. EN EL CÍRCULO ROJO

Decidieron que caminarían para hacer turismo también. A pesar de la hora, había mucha gente en la calle. Parecía que la verdadera vida se manifestaba después de caer la tarde.

-A ver... Esto es por aquí. Vaya, es increíble lo diferente que se ve todo en la noche... Ajá, crucemos porque si no terminaremos en un parque de diversiones. Dios mío, que irónico. Un parque de diversiones cerca de una reunión BDSM.

Isabel siguió de guía hasta que se detuvo casi en seco.

-Mar, es aquí.

La miró con nervios porque recordó el momento en el que se toparon con la tienda de Lady Roux. ¿La razón? Sobre la puerta también había un círculo de neón rojo.

-Bueno, es momento de entrar. No podemos aplazar más esto. —Dijo Mariana para adelantarse y así quedar sobre la puerta de madera.

Estiró la mano y tocó un par de veces. Se echó un poco para atrás y miró a Isabel quien, a pesar de tener experiencia en reuniones y toda la cosa, parecía estar más nerviosa que ella.

Se escuchó un sonido, luego se abrió la puerta lentamente. Un hombre alto, de cabello largo negro, las miró con cierto recelo.

-¡Hola! —se apresuró a decir Mariana- venimos de parte de Lady Roux.

Quiso continuar pero pensó que lo más prudente era quedarse callada. Al final, resultó ser una buena decisión porque el tío se limitó a asentir y darles paso. Ambas se tomaron de la mano, como cuando niñas, y entraron. Isabel cobró una expresión de familiaridad mientras que Mariana tuvo que tratar de disimular su sorpresa ante lo que tenía frente a sus ojos.

Era un espacio relativamente amplio, el cual estaba dividido en varios espacios: una estancia para beber, otra para sentarse y charlar y una tercera que estaba dispuesta en el centro. Aunque no había nada, ninguno de los que estaban allí se atrevió a invadir ese espacio.

Isabel y Mariana se quedaron un poco a la expectativa, hasta que la menor de las hermanas se acercó a la barra improvisada para pedir un par de cervezas. Mientras, Mariana se dispuso a analizar los alrededores con sumo cuidado.

La luz roja del interior hacía ver los cuerpos como esculturas perfectas de lujuria y perversión. Había hombres vestidos de traje con máscaras o sin ellas, mujeres semi desnudas, atadas a cuerdas o cadenas que permanecían con el rostro bajo. Otros tantos lucían ropas de cuero o látex tan ajustadas, que servían para mostrar curvas o bultos pronunciados por la excitación.

Mariana comenzó a dar unos cuantos pasos para tratar de mezclarse con la gente. Se dio cuenta de que había sumisos hombres y mujeres. Trató de analizar el comportamiento para buscar aspectos en común. Al final, se dio cuenta que el resultado era eso mismo que conversaron con Lady Roux: la entrega y la confianza total.

Se fijó más en las mujeres por cuestiones del libro. Muchas de ellas estaban detrás de sus amos con actitud servil. De vez en cuando sonreían tímidamente cuando lograban escuchar algún cumplido. De resto, en silencio cerrado. No debían hacer nada a menos que se les dieran una orden directa.

Al cabo de unos minutos, Isabel se reunió con ella y le extendió una botella de cerveza fría.

-Vaya, esto está increíble. Mucha gente aquí está en lo suyo.

-¿Qué quieres decir? –Preguntó Mariana.

-Pues, que están asumiendo su rol con seriedad. La primera vez que fui a una reunión de estas, fue un momento impactante, pero esto es otro nivel. La gente se lo toma en serio, eh.

Las dos prefirieron digerir todo lo que estaba sucediendo con un buen trago de cerveza. Tras un rato, se escuchó el sonido de unos tacones que parecían acercarse al área central y despejada.

Una mujer alta, con vestido negro de látex –el cual mostraba todas sus curvas y un escote pronunciado- y el cabello rojo intenso amarrado en un moño sencillo, tomó lugar en el medio de ese espacio. Lady Roux hizo aparición y las hermanas se quedaron aliviadas de encontrar a una persona conocida.

Ella les saludó con la mano y luego comenzó a hablar en voz alta. En cuanto lo hizo, los asistentes se prepararon para escuchar atentamente:

-Muy buenas noches y bienvenidos a esta reunión. Hoy es un día especial porque tenemos muchos eventos que hemos organizado para ustedes. Quise dejar esta demostración al final, pero pensé que sería buena idea ir al grano. Así que, amigos, prepárense para lo que se viene. Disfruten.

De inmediato, las luces se apagaron por unos segundos. La gente permaneció en completo silencio hasta que se encendió una luz blanca en el medio del lugar. La figura de un hombre corpulento emergió y junto a él, se encontraba una chica desnuda, con los ojos vendados y las manos atadas.

Mariana e Isabel trataron de acercarse lo más posible para ver mejor. Ambas estaban como sumidas en un trance, al igual que los demás.

El hombre se apartó por un momento hasta que regresó a luz cargando con una pequeña silla de madera. Prácticamente sin hacer ruido, le indicó a la mujer que se sentada y ella lo hizo. Pareció que sabía exactamente cómo hacerlo.

Las conversaciones y las risas, los murmullos y el sonido leve de la música de fondo, quedaron apagados por esa ceremonia que todo el mundo sabía, menos ellas.

Mariana, en lo particular, estaba maravillada por lo que veían sus ojos. La luz sobre la piel desnuda de la chica y sobre la ropa negra del hombre. El silencio, los gestos y el ambiente con esa sensación indescifrable para ella. Todo parecía producto de algo sacado de la fantasía de alguien… Quizás de la suya.

El hecho es que el tío de negro, luego de acomodar a la sumisa, mostró un látigo con varias lenguas de cuero. Luego se colocó hacia un lado de la chica, con una mano le tomó con fuerza el cabello mientras que la otra todavía sostenía el látigo.

Su muñeca bamboleó un poco, por lo que las tiras parecieron danzar por los aires. Luego, en un movimiento rápido y casi imperceptible, hizo el primer impacto sobre la piel de los muslos de la chica. El sonido fue seco y fuerte. Pero él no se detuvo allí, siguió haciéndolo una y otra vez.

El sonido del cuero sobre la piel se entremezcló con los gemidos de ella. Mariana notó cómo sus manos se aferraron sobre el asiento de madera. Quiso ver mejor la expresión del rostro, pero no pudo porque estaban pasando demasiadas cosas al mismo tiempo. Mariana sintió que era objeto de una especie de ruleta rusa, esclava de emociones de todo tipo.

Gracias a esa luz fue posible ver las marcas rojas y rosadas sobre la sumisa. El sudor y esos hilillos de sangre que desprendían las heridas. El dolor de ella le daba placer a él y eso pareció ser una especie de combustible que permitió que todo se intensificara aún más.

Repentinamente, el hombre se detuvo, soltó el látigo dejándolo caer sobre el suelo. Poco después, tomó a la chica por el cuello de manera que ella se paró con cierta dificultad. Él procedió a sentarse y colocarla semi acostada sobre sus rodillas.

Con las piernas ligeramente separadas y con las nalgas expuestas, él procedió a darle fuertes nalgadas. Una tras otra.

Mariana sintió cómo su coño pareció palpitar violentamente. Por un momento, no estuvo muy segura de la razón por la cual estaba excitándose, quizás tenía que ver con los sonidos de las nalgadas y los gemidos, o por el hecho de ver a esa mujer tan entregada y plena, porque así se veía y eso le pareció particularmente llamativo.

La luz blanca se apagó y el silencio de los segundos se rompió gracias a una serie de aplausos. La situación se trató de una especie de presentación. El rojo del ambiente inicial regresó para iluminar los rostros de las hermanas.

-Creo que estoy entendiendo mejor toda la situación. –Dijo Mariana con cierto aire reflexivo.

-Yo también. –Respondió Isabel.

Las dos se quedaron un rato más para aprovechar y hablar con la gente que estaba allí. A Isabel, que tenía más experiencia en el asunto, le resultó más sencillo que a su hermana. Pero Mariana era una mujer que despertaba la confianza en la gente, así que no fue difícil que algunas mujeres le revelaran algunos de sus secretos más íntimos.

Incluso, se percató que las mujeres dominantes también experimentaban un proceso más o menos similar. Debían confiar en sí mismas y tener un grado de fortaleza que las hiciera sentir empoderadas.

Una de las entrevistadas le dijo a Mariana a modo de confesión:

-Se nos cría para que seamos dóciles, suaves, delicadas, pero la verdad es que nuestra naturaleza es diversa y exquisita… Además, ¿a quién no le gustaría tener el control de la situación? Tenerlo requiere que sepas manejar las cosas con responsabilidad, aunque la sensación de poder sea adictiva.

En ese momento, Mariana contempló la idea de que quizás podría hacer un libro de BDSM porque se percató de que se trataba de un mundo muy denso e interesante.

Lady Roux miró a las dos antes de despedirlas:

-Espero que hayan encontrado algunas respuestas. Recuerden algo: el camino es lo que importa y ese recorrido es individual, la experiencia no será la misma y eso es lo vital.

Cuando la puerta se cerró tras sí, Mariana e Isabel se quedaron en silencio en medio de ese callejón oscuro de un Londres frío y lluvioso. El aviso de neón rojo seguía encendido y ambas sintieron que terminaban una especie de carrera.

-Me siento agotada. En todos los sentidos. —Dijo Mariana.

-Yo estoy igual, pero este mundo es así. Parece absorberte por completo. No es fácil. Por cierto, esto me hace pensar que todo lo del libro será un reto.

-Sin duda, Isa, por eso no hay que parar.

# 6. ENTRE EL CALOR DEL AMOR Y LAS ESPECIAS

Londres les dejó un buen sabor de boca y un cansancio tremendo. De hecho, Isabel dormía más que nunca, mientras que Mariana no paraba de escribir. Luego de pasar en limpio todas las escenas y entrevistas, prepararon el próximo destino, irían al Oriente Medio.

Según Mariana ese destino tenía sentido porque ese lugar era el hogar de dos relatos que han influenciado al mundo: Las mil y una noches y el Kamasutra.

-¿Sabes? No sé si sea importante, pero me puse a leer sobre el tema y encontré que también existe un libro que se llama "Ananga ranga", es hindú y parece que contiene preceptos sobre el amor y las relaciones. —Afirmó Isabel mientras Mariana investigaba sobre el precio de los boletos.

Mariana dejó de teclear para pensar un poco sobre el tema.

-Uhm. Leí que la India es uno de los países en donde hay fragmentos de Las mil y una noches. Creo que tenemos que ir allí, resultará más sencillo.

-¡Que la India se prepare para nosotras! —Respondió Isabel emocionada.

Dos días después, las hermanas estaban rumbo a la India. No tenían idea cómo iban a darse las cosas, pero tenían la esperanza de que fuera favorable.

El avión casi vacío. Por un lado, Isabel dormía sobre el asiento con la boca abierta y roncando. Mariana, por otro, la miraba tratando de contener las risas. Le resultaba una imagen muy graciosa.

Sacó la libreta de la mochila que tenía y la abrió para observar sus anotaciones. Tenía una cronología y un orden, así que observó los garabatos que se hacían pasar por dibujos. Aprendió con el paso del tiempo, que aquello le ayudaba a tener más claridad sobre las ideas que se le iban presentando.

Pasó las páginas y se encontró con una notita muy pequeña, la cual casi pasó desapercibida.

-"¿La encontraré?".

Eso rezaba.

Mariana se detuvo en esas palabras y trató de recordar el momento en que las escribió. Quizás estaba en su casa, en ese elegante piso del centro, con la cabeza hecha un revoltijo y ansiosa de respuestas.

El sonido de los ronquidos de Isabel la sacó de su concentración. Mariana tomó una pequeña almohadilla, lanzándola a su hermana para que despertara.

-Despiértate. Estamos por aterrizar.

Una Isabel despeinada y con los ojos hinchados, asintió con molestia.

Pocos minutos después, el avión descendió y un rayo de sol entró por la ventanilla de Mariana. El cielo estaba azul y despejado, el anaranjado de la luz de la tarde la hizo sentir bienvenida de inmediato. La aventura continuaba.

Tras una breve despedida por parte del personal, las hermanas bajaron para buscar las maletas y luego tomar un taxi.

Aunque no tardaron demasiado tiempo, el tráfico de la tarde estaba fatal. Un mar de coches y motos parecía arropar todo el asfalto. Sin embargo, el sonido de las cornetas, de gritos y de los vendedores con bolsas de comida frita y especias, mantenían fascinada a una Mariana que parecía no creer que estaba en ese lugar.

Mientras Isabel se debatía entre el sueño y el calor, Mariana revisó la dirección del hotel, el cual no estaba demasiado lejos. De hecho, escogió ese porque cerca de allí se encontraba un monasterio antiguo, lugar donde se preservaba una historia muy antigua que no había sido anexada a la versión oficial de Las mil y una noches.

Tras dos horas y media que parecieron interminables, por fin llegaron al lugar. Resultó tener una estructura amplia y abierta, quizás para permitir el paso de aire fresco. Lo llamativo, además, eran sus paredes blancas y las áreas verdes que se encontraban alrededor.

Bajaron del coche y fueron hacia la recepción, un joven de piel morena olivácea y de ojos verdes, las recibió de inmediato. Les dio la bienvenida, les confirmó la reserva y las acompañó a la habitación.

Era un lugar amplio y aireado. Había dos camas grandes con sábanas blancas y un piso de parqué oscuro. Isabel respiró de alivio por la brisa fresca que entraba y también por ese olor delicioso a canela que había en el ambiente.

Isabel cayó sobre la cama para descansar un poco, mientras que Mariana se apresuró en buscar la dirección de un antiguo templo en donde podría comenzar la investigación que había planificado.

Después de tomar un baño y deleitarse con unos rotis bien picantes, las dos salieron ante la calle bulliciosa que estaba cerca del hotel. Sólo se escuchaba el sonido de la gente y de las motocicletas, de los coches y de los vendedores ambulantes.

A pesar que parecía que en cualquier momento caería la tarde, la actividad era sumamente intensa. En vista del panorama, Mariana consultó por última vez Google Maps para comenzar a caminar en dirección a ese templo. Según la aplicación, sólo debían caminar unos 20 minutos.

-¿Crees que encontraremos algo? —Preguntó Isabel en medio de polvo y el caos.

-Eso espero, aunque si te soy sincera es mejor que nos quitemos de la cabeza esa idea de que somos Indiana Jones y que estamos en medio de una búsqueda del tesoro. Es probable que nos den un portazo o que ni siquiera nos reciban.

-Venga, Mariana. Es obvio que no encontraremos un manuscrito perdido, no hay que exagerar, eh.

-Está bien, tienes razón. —Dijo Mariana.

Ambas trataron de abrirse paso entre la gente. Ciertamente ignoraron toda recomendación por parte del recepcionista del hotel, quien les dijo que era mejor tomar el día para descansar y seguir luego con energía.

Pero, al menos para Mariana, se le hizo urgente hacerlo porque tenía la sensación de que estaba en el camino correcto. Siguieron las indicaciones de la pantalla del móvil con sumo cuidado, a pesar del mar de gente que iba a todas las direcciones.

Luego de un rato, Mariana se apartó lo suficiente del camino hasta quedar frente de un templo antiguo. Alzó la mirada y le indicó a su hermana que estaban en el lugar indicado.

-Bueno, según esto, ya hemos llegado. Tiene pinta de que es lo que estamos buscando. —Mariana dijo aquello con una enorme sonrisa.

El templo era de piedra oscura y con algunas partes recubiertas de musgo y flores. Lo que les llamó la atención fue el hecho de que estuviera tan cerca de la ciudad, sin embargo, quizás se debía a la convivencia de lo nuevo y lo viejo en perfecta armonía.

-Es hora de entrar, parece que hay alguien allí. —Isabel, como la aventurera que era, tomó la delantera frente a su hermana.

Ella atravesó el umbral de piedra y se encontró con un espacio amplio, en donde pudo ver al fondo un par de figuras iluminadas por un grupo de velas. Junto a ellas, un plato de metal cubierto de flores y frutas.

Mariana siguió los pasos de su hermana con sumo cuidado. Era obvio que alguien se encargaba de cuidar el lugar porque estaba limpio y con un delicioso aroma a sándalo. Además, notó los hilos que despedían las varillas de incienso recién puesto.

Las dos se acercaron hacia la parte central, quedando de pie sobre una alfombra con patrones dorados y rojos. El silencio del lugar y lo calmado del ambiente era un contraste demasiado fuerte con el exterior.

De repente, emergió la figura de una mujer vestida con un sari de color naranja. De piel olivácea, cabello recogido en un moño bajo y de mirada fija. Sus ojos negros inspeccionaban a las chicas de abajo hacia arriba.

Se acercó un poco más hacia el centro, por lo que la luz le iluminó el rostro. Tenía los labios pintados de rojo y el delineador negro marcaba la forma almendrada de sus ojos. Por los costados y parte de la frente, se veían unos mechos de cabello con hilos blancos, quizás se trataba de una mujer en sus cuarentas.

-¿Están perdidas? —Dijo con voz suave, pero con determinación.

Mariana tomó la delantera con el fin de mostrarse como una persona sin intención de hacer daño.

-Disculpe usted, sólo hemos venido porque tenemos curiosidad sobre un tema en particular. Según, se cree que en este templo se hacía prácticas basadas en las historias de Las mil y una noches y el Kamasutra. Estamos haciendo un libro y la verdad es que no gustaría hablar con alguien.

Se quedó callada para no parecer demasiado elocuente. Isabel fue con ella y le tomó la mano con timidez. No querían hacer enojar a la mujer.

-Están muy lejos de casa, me parece. —Dijo la mujer. —Mejor vengan conmigo.

Las hermanas se miraron entre sí y dudaron por un momento. Sin embargo, sintieron ese impulso de continuar porque se dieron cuenta que la empresa del libro era más importante. Así que siguieron la mujer misteriosa y se adentraron al templo.

En el ínterin, cayó la tarde y ya era de noche. La luna llena, tan grande y redonda, pareció iluminar todo con una delicada luz blanca. El lugar parecía casi como de ensueño gracias a las flores y el olor a sándalo.

Entraron entonces a una habitación solo iluminada por velas. La mujer del sari naranja se detuvo frente a ellas.

-Mi nombre es Payal y soy guardiana de este templo para la diosa. En donde estábamos era el lugar de oración, un espacio sagrado. Es mejor hablar aquí.

Extendió su mano e invitó a Isabel y Mariana a que se sentaran en unas sillas de madera que estaban allí.

-A ver, ¿a qué han venido?

Mariana era la que tenía el don de la palabra, así que se apresuró en contar con detalle sobre sus intenciones en el lugar: encontrar información sobre culturas que hablaran sobre la mujer y sobre métodos que le sirvieran para tener a los hombres a su lado.

Payal se quedó en silencio escuchando todo con atención. De

vez en cuando, respiraba lentamente, pero sus ojos negros estaban concentrados en los rostros de las hermanas.

Mariana terminó de hablar y seguía con el miedo en el pecho. Payal lucía como una mujer intimidante y muy segura de sí misma.

-Creo que es el favor de la diosa el que ustedes estén aquí. El amor y el sexo son temas recurrentes en nuestra historia. Las mil y una noches es sólo un trozo de eso. De hecho, la versión actual carece de lo erótico aunque es algo presente en los relatos originales. Ahora, el Kamasutra y el Ananga ranga son materiales más cercanos a nuestra cultura. –Payal hizo un largo suspiro.- Tenía tanto tiempo sin decir esas palabras. Siento que una brisa fresca ha entrado en este lugar.

Hizo una sonrisa, mostrando sus dientes perfectos y blancos. Mariana respiró aliviada al igual que su hermana.

-Queremos saber más o menos de qué se trataban esas historias, por qué era importante el Kamasutra o el Ananga ranga. –Preguntó Mariana con un poco más de confianza.

-Bien, primero lo primero. El Kamasutra es un texto más antiguo y tiene explicaciones más profundas sobre el sexo y el cumplimiento de la mujer durante el acto. Aunque, no sólo era para ella, sino también para alimentar el placer en la pareja. A ver… Creo que tengo algo por aquí que podría servir.

Payal se puso de pie y fue hasta un mueble de madera de pino. De él, extrajo un libro de aspecto viejo.

-Esta es una edición que dejó de publicarse hace mucho tiempo, pero servirá.

En seguida se mostraron páginas con ilustraciones hechas a mano sobre las posiciones sexuales y modos de dar placer, tanto para el hombre como la mujer.

Isabel se quedó intrigada por ello, le llamó poderosamente la atención el hecho de que un texto de esa índole estuviera en un lugar como ese. Mariana seguía leyendo las descripciones de las hojas y escuchando atentamente las palabras de Payal. Ella esperó un rato antes de hacer una pregunta que sabía podía ser un poco incómoda.

-¿Por qué un libro como este está en un lugar como un templo?

Mariana abrió los ojos como platos, pero Payal sonrió. Sabía que esa pregunta surgiría en cualquier momento. Volvió a levantarse para dirigirse en el mismo mueble. Las dos observaron que hizo lo mismo que la otra vez, salvo que no sólo tenía un libro —el cual supusieron era el Ananga ranga-, sino también un grupo de fotografías.

La mujer se sentó de nuevo junto a ellas y acercó una de las velas para que pudieran ver con mayor detalle.

-Este lugar siempre fue un recinto sagrado para las mujeres. Desde que recuerdo. Aunque no lo parezca, este lugar era un pueblo pequeño, así que era común que las mujeres, jóvenes y viejas, se reunieran aquí para eso, hablar del amor y del placer. Claro, era normal encontrarse con ciertas reservas al respecto, no es fácil ser abierto en el tema y más con desconocidas, pero sí fue posible. El Kamasutra y el Ananga ranga sirvieron de instrumentos para que conociéramos todo sobre complacer y ser las mejores amantes del mundo.

Payal se acomodó sobre la silla y sonrió hacia el vacío como un ejercicio de memoria.

-...Todavía era una niña, pero recuerdo a las mujeres que estaban a punto de casarse aquí, en este lugar. Las untaban de cúrcuma y hojas de sándalo. Y luego le quitaban todo con agua perfumadas rosas y canela. Peinaban sus cabellos con cuidado y las revestían de oro para que lucieran hermosas, tan hermosas como estrellas.

-¿Por qué la cúrcuma y el sándalo? —Preguntó intrigada Mariana.

-Porque son las especias del amor y de la pasión. La piel se vuelve en el primer conductor de los sentidos, así que tiene que verse y sentirse como tocar la gloria. Claro, todo bajo el cuidado de la diosa. Al final, no podía dejarse de lado la virtud ni la gracia de una mujer. De eso estamos orgullosas.

-Entonces, ¿todos estos textos sólo buscan el placer del hombre? —Dijo Isabel dejando entrever el dilema que sentía en ese momento. No comprendía el tema de complacer.

-Señorita, también hay placer en el complacer. Cuando nos damos al otro, cuando nos entregamos con amor y con dedicación, le estamos dando lo puro, lo bueno y lo mejor que habita dentro de nuestra alma. Cuando el otro está feliz, satisfecho y pleno, es cuando es posible hablar de placer. La carne está allí, la pasión también, pero lo implícito es la conexión que sentimos. Eso es más fuerte y perdura más que lo que tenemos en el exterior. Las nuevas generaciones no lo entienden bien, por eso estos lugares todavía están en pie, para recordarnos el verdadero origen de las cosas.

-¿Cuál es ese, Payal? —Mariana quiso saber un poco más al respecto.

-La fuerza del espíritu y del alma, señorita. Esa misma que se comparte y que se vive con el otro a través del cuerpo.

Esas palabras le hicieron sentir a Mariana que estaba en un punto de comprensión de las cosas como nunca le había pasado antes. Sonrió al darse cuenta que, al parecer, el mundo estaba conectado en un mismo punto. Sin embargo, todavía le faltaban un par de pasos importantes que no podía obviar.

Mientras, Isabel permaneció pensativa. En ese momento pensó en Alonso y en lo mucho que lo extrañaba. No sabía de él desde hacía un tiempo y estando en ese lugar, sintió la necesidad de tocarlo, besarlo, estar con él. Pasó del profundo silencio al calor corporal que lo hacía desearlo con locura.

Trató de concentrarse en la conversación y en las anécdotas de Payal. De vez en cuando la veía sonrojarse debido a los recuerdos que evocaba y que compartía. Mariana estaba fascinada, parecía que cada mujer escondía un maravilloso tesoro de amor y sexo dentro de sí.

El sonido del tráfico menguó lo suficiente como para advertirles que ya era hora de partir.

-El amor y el deseo está en todas nosotras. No es una realidad ajena, es una forma de expresión de sentimientos primitivos y también complejos. Es la convivencia perfecta.

Tras un breve saludo hacia la diosa, Mariana e Isabel se dirigieron hacia el hotel con un hambre feroz y con muchas cosas por hablar.

Apenas llegaron al pequeño restaurante, volvieron a pedir rotis y un par de vasos de té negro frío. Conversaron de las ilustraciones y los rituales de las mujeres antes de casarse.

-Payal nos comentó que incluso las mujeres solteras iban a las reuniones para que pudieran estudiar el Kamasutra. Es fascinante. No pensé que fuera posible algo así. —Mariana no dejaba de mostrar sorpresa ante ello.

Isabel estaba en la conversación casi de manera automática, pero su mente todavía estaba ocupada en Alonso. ¿Qué estaría haciendo? Moría por hablar con él.

-Creo que saldré a caminar un rato. Estos días han sido muy intensos y necesito un poco de calma. ¿Te parece bien?

-Sí, sí. Yo creo que voy a descansar. Tengo un poco de sueño. —Isabel sintió que fue la oportunidad de pensar mejor en soledad.

Ambas subieron a la habitación. Isabel se echó sobre la cama y Mariana fue al baño para lavarse las manos y la cara. Por un momento, se miró por el espejo y se dio cuenta de las bolsas debajo de los ojos y una pequeña arruga en el entrecejo.

Aún con las gotas frescas en el rostro, se puso a pensar en lo urgente que necesitaba la caminata. Su corazón comenzó a latir con fuerza. Estaba ansiosa por el próximo paso que tenía que tomar.

-Iré a tomar un poco de aire fresco. Llegaré pronto.

-Vale, ve con cuidado. —Respondió Isabel mientras estaba entre las sábanas. Luego de eso, escuchó el sonido de la puerta y esperó unos segundos más hasta que tomó el móvil y comenzó a jugar un rato con él.

Lo cierto fue que Isabel tenía la cabeza hecha un lío. A pesar que extrañaba a Alonso, recordó que ambos discutieron por una bobería y que desde allí no habían hablado más. Su orgullo era demasiado grande y sabía que no daría su brazo a torcer.

Dejó el móvil en la mesa de noche y volvió a enrollarse entre las sábanas hasta que cerró los ojos para obligarse a dormir. Sin embargo, su cuerpo y su mente estaban concentrados en la imagen de Alonso, en sus besos y en el calor que sentía cuando estaba entre sus brazos. Las sensaciones se hicieron cada vez más fuertes y más difíciles de escapar.

Trató de pensar en otras cosas, pero él seguía insistiéndole entre las neuronas y la piel. Isabel no pudo más y no supo si fue producto del calor de la India o el olor intenso de las especias, lo cierto fue que lo deseaba más y más.

Su coño se volvió caliente y palpitante. Sus dedos estaban más traviesos que nunca, por lo que no pudo evitar que llegaran hasta su clítoris. Apenas sintió el roce, hizo un gran esfuerzo por no gemir demasiado fuerte, aun así, lo hizo ligeramente para que saliera de ella esa emoción que recorría todo su ser.

Abrió las piernas lentamente y se mordió la boca con el recuerdo de la verga de Alonso dentro de ella. Por una fracción de segundo le pareció curioso el poder que él tenía sobre ella, esa forma de excitarla con tanta intensidad en cuestión de segundos. Sonrió un poco, gimió más.

Se concentró en el clítoris por un rato, al hacer movimientos lentos y suaves. Experimentó esa especie de calor y frío en la planta de los pies. Luego, curvó la espalda a medida que aumentó el ritmo de las caricias. Se mojaba tanto y tan violentamente que pareció que se iba a desvanecer en cuestión de segundos.

Estaba tan excitada que casi pensó que podía escuchar el momento preciso en el que él le decía una larga lista de palabras obscenas.

-"Te quiero coger entera".

-"Eres mía, sólo mía".

-"Me encanta estar dentro de ti. No tienes idea de cuánto me gusta".

-"Déjame reventarte una y otra vez".

La concentración le hizo pensar que él estaba sobre ella en ese momento. La fantasía de su mente fue tan poderosa, que sus dedos se convirtieron en la lengua y en la verga de Alonso. Se relamió los labios al sentir que la carne de él la abría poco a poco. Era adicta a esa sensación.

Isabel se tocó con fuerza y con desesperación. Sintió dolor y también un placer que no supo cómo explicar. Estaba ansiosa por tenerlo sobre ella, por sentir sus embestidas y por perderse en esos ojos detrás de los lentes de pasta negro. De hecho, recordó que una de sus partes favoritas era cuando él parecía perder el control de sí mismo, cobraba una expresión sublime y deliciosa.

Siguió acariciándose hasta que comenzó a sentir una especie de fuego intenso en su interior. Algo que se hacía cada vez más intenso y que pareció llegar a cada punto de su cuerpo. Desde la cabeza hasta la punta de sus pies.

Como si tuviera una bola de fuego en sus entrañas, Isabel siguió estimulándose el clítoris hinchado de placer, hasta que sus piernas comenzaron a temblar con fuerza. Temblaba y se agitaba por Alonso, y gracias a esa fantasía que la hacía pensar que él estaba follándola en ese momento como un animal.

Su boca se abrió un poco para dejar escapar unos cuantos gemidos y también palabras incomprensibles. Quizás por el hecho que su ser animal había tomado el dominio de sí misma.

Al cabo de unos minutos, expulsó un chorro potente de fluido y exclamó un gemido tan desgarrador que sintió que toda su energía había escapado de su cuerpo. Se corrió entre esas sábanas calientes y mojadas de sudor para luego desplomarse a un lado de la cama.

Su corazón latía con fuerza y su mente aún estaba la imagen de un Alonso desnudo, así que suspiró y deseó más que nunca estar con él. Lo extrañaba demasiado.

Mariana caminaba por las calles de la ciudad con el rostro pensativo. Su cuerpo estaba pesado debido al viaje, pero su mente estaba más activa que nunca. Veía a la gente pasar, a las mujeres con sus saris de colores y a algunos hombres con barbas elaboradas.

El cielo nocturno seguía despejado y con un manto de estrellas, era una imagen perfecta y un poco nostálgica. Después de andar por un rato, decidió sentarse en una plaza con una pequeña fuente de agua. Fue conveniente porque el calor era un poco sofocante.

Se relajó por un momento y luego extrajo la pequeña libreta que siempre cargaba consigo. Al abrirla, se dio cuenta de toda la información que tenía allí, incluso de los dibujos que había hecho durante las conversaciones con Lady Roux y Payal.

Sin embargo, se quedó concentrada en uno en específico, en un pequeño mapa que hizo a mano alzada y rápidamente porque seguro no quería que su hermana la viera haciendo eso.

Se trataba de una isla en el medio del mar, llamada Calixto. Entre sus investigaciones, se topó con que allí residía un grupo de mujeres expertas en el arte del sexo y el amor. Tanto así, que los hombres caían rendidos a sus pies.

Cuando encontró información al respecto, quedó más intrigada que nunca. Se sorprendió de la falta de datos y hasta la dificultad de encontrar su localización en Google Maps.

En su propio afán, se topó con algo que le llamó poderosamente la atención, según algunos pocos registros que encontró en la deep web, en Calixto residía una mujer importante, una especie de sacerdotisa o consejera sexual que ayudaba a las mujeres gracias a sus consejos y palabras de aliento. Su sabiduría era prácticamente venerada por las habitantes.

Mariana cerró los ojos para recordar el instante de ese momento, el cual fue la chispa necesaria para emprender toda la aventura que estaba viviendo. La existencia de esa mujer podría ayudarle a encontrar la respuesta definitiva que tanto ansiaba y necesitaba.

Miró el mapa de nuevo como si estuviera esperando a que este le hablase. Internamente sabía que estaba más cerca de dar con el objetivo, pero también temió por el bienestar de Isabel. Dentro de todo, era una chica dulce y sensible, incluso más de lo que ella misma podía imaginar.

-A este punto no me puedo detener. Tengo que seguir. Ese es el camino. —Se dijo Mariana en plena plaza. Su corazón era la guía.

# 7. EL LLAMADO DE CALIXTO

-¿Calixto? ¿Qué lugar es ese? Creo que nunca escuché de él. –
Dijo Isabel en cuanto supo el próximo destino a tomar.

-Yo tampoco sabía de él hasta que tuve que investigar más a
fondo. De hecho, parece estar cerca de la Polinesia Francesa.
–Respondió Mariana.

-Pero lo que me llama la atención es que no aparece en el mapa.
Es como si no existiera. ¿No te parece curioso?

-Sin duda. Por eso iremos allá en unos días. Tenemos que
descansar y empacar para salir. Aprovecharé ese tiempo para
vaciar información.

Luego de la logística y la organización, ambas partieron para la
Polinesia Francesa, ubicada en el océano Pacífico. Decidieron
que llegarían a ese punto porque no pudieron encontrar una
forma más cerca de llegar a Calixto.

De todas maneras, no era una mala idea hacer una parada allí,
puesto que el pintor Paul Gauguin pasó sus días en dicha isla.
Mariana sugirió que sería una buena última parada antes de irse
de lleno a la experiencia de Calixto.

Llegar a ese conjunto de ultramar fue un poco más complicado
de lo que había pensado, principalmente por el acceso al lugar.
Sin embargo, tras insistir con toda la tenacidad posible, las
hermanas aterrizaron en Papeete, la capital.

Se quedaron sorprendidas por el calor de la gente y por la vibra
de la ciudad. El ambiente isleño les hizo sentir que podían estar
un poco más informales y libres. Era una sensación un poco
curiosa, sobre todo porque provenían de un lugar muy
diferente.

Mariana notó que su hermana estaba particularmente
emocionada. Cada vez que aterrizaban en un lugar, parecía una

niña. Pero ella, en cambio, estaba nerviosa, muy nerviosa. Sabía que no estaba demasiado lejos de Calixto y, por ende, de la verdad.

-Encontré un tour sobre los lugares en donde vivió Gauguin. Parece interesante. Quizás así tendremos un concepto más amplio sobre él y la cultura de acá. –Propuso Isabel con entusiasmo.

Horas después, se reunieron con un grupo de otros turistas para hacer un recorrido por islas más pequeñas en donde residió el pintor francés. Varios del grupo tenían sus cámaras listas para tomar fotos, mientras que Mariana e Isabel más bien estaban intrigadas por la vida de ese hombre.

Caminaron por playas y por segmentos de selva mientras el guía, un hombre alto, moreno, de espalda ancha, cabello largo y sonrisa amable, hablaba durante todo el camino.

-Lo cierto es que Gauguin se sintió fascinado por los paisajes y también por las mujeres. Para ese momento, era normal que una chica de 15 ó 16 años fuera ofrecida como una ofrenda, más para un extranjero que se había entregado por completo a nuestra cultura. Ahora, sin duda, hubiera sido acusado de pedófilo y de abusador. Pero, como ya mencioné, era una práctica habitual y común.

Mariana e Isabel sintieron después un poco de incomodidad sobre esa anécdota. Aun así, se dispusieron a disfrutar del tramo lo más posible.

El tour terminó con una fiesta a la orilla de la playa en Moorea. El atardecer tiñó el cielo de rosado y rojo intenso, mientras que el sonido del agua se hizo suave y apacible, pero poco después los guías organizaron lo necesario para que los turistas comieran, bailaran y se emborracharan un rato.

Isabel se prestó como ayudante y se dispuso a bromear un rato con la gente, mientras que Mariana estaba en la playa, pensando que unos pocos kilómetros la separaban de un descubrimiento que podría cambiar su vida por completo.

Se levantó para hacer el ademán de que estaba interesada en compartir tiempo con los demás. Al cabo de un tiempo, y gracias a la comida y la bebida, Mariana decidió que dejaría de pensar en los asuntos pendientes para pasar un buen rato, así que no tardó demasiado en soltarse un poco.

Entre las llamas de las fogatas y el calor del momento, Mariana se fijó de inmediato en el guía, quien la veía desde la distancia. Sus ojos se concentraron en los de él, ignorando a todo lo que había alrededor.

¿Cuánto tiempo tenía sin tener sexo? ¿Cuánto tiempo había pasado sin sentir el calor de la verga de un hombre deseoso? Fueron preguntas que hicieron eco dentro de su cabeza, sobre todo porque se dio cuenta que sus energías habían sido por y para encontrar su verdadera identidad. Olvidó que estaba escribiendo un libro sobre placer sexual y que ella tenía derecho de un poco de eso.

Alzó la botella de cerveza que tenía enterrada en la arena para tomar un largo sorbo. Se fijó en el rostro cuadrado y fuerte de ese hombre que parecía envuelto en el rojo del fuego.

El hombre se colocó de pie y caminó hacia ella, lentamente. Mariana sintió que el pecho comenzó a acelerarse a un ritmo demasiado intenso, pero sus pies estaban sobre la arena, con la disposición de esperarlo y de entregarse a él lo más rápido posible.

-¿Estás bien? —Le dijo con una amplia sonrisa.

-Sí, sí... Sucede que no tomo desde hace tiempo, ja, ja, ja. Me siento un poco estúpida, la verdad, pero eso no es importante, ¿cierto? —dijo Mariana, haciendo un gran esfuerzo para modular correctamente.

-¿Segura? Si quieres te ayudo a sentarte por acá, hay una silla y quizás…

Mariana le tomó el rostro con ambas manos y lo besó de sorpresa. El hombre se quedó un poco frío, pero luego la tomó por la cintura con ambas manos, ambos se entregaron en ese beso lento y también profundo.

Aunque parece increíble, nadie los miró durante todo el proceso ya que el grupo estaba en otro lado. De hecho, se podía escuchar unos cuantos tambores y gritos y risas.

Por otro lado, Mariana se quedó en los labios de ese desconocido, a quien sostenía con toda sus fuerzas. Acarició sus hombros y brazos, sintió los músculos y esa piel dura, maciza. Luego lo miró a los ojos fijamente, como deseando perderse en ellos.

Él la observaba con cuidado, sobre todo porque no quería aprovecharse de la situación:

-¿Segura que estás bien? No me gustaría que te sintieras incómoda.

Mariana le sonrió y lo besó de nuevo con la misma dulzura que la primera vez:

-Sí, lo estoy. Créeme que estoy consciente de todo lo que hago… He deseado hacerlo desde que te vi.

Los ojos cafés de ella se concentraron en los de él. Luego de esto, no fue necesario decir algo más. Volvieron a entrelazarse en un abrazo, en caricias y en besos más intensos, con lenguas calientes y desesperadas.

Mariana se aferró a ese cuerpo por un largo rato, hasta que él la cargó de un solo movimiento. Ella sonrió al darse cuenta que estaba a punto de pasar aquello que había ansiado desde hacía mucho tiempo.

Él guía la llevó hacia un grupo de palmas que estaba cerca, la acostó sobre la arena, mientras procedió a quitarse la ropa con suma rapidez. Mariana, mientras, se quitó el short de jean gastado que tenía para abrir las piernas porque sentía que su coño estaba a punto de explotar.

Al final, ese hombre se descubrió ante ella en todo su esplendor. La musculatura de su pecho, la definición de su pelvis y, claro, el tamaño de su verga. El glande era un poco más claro que el resto de su cuerpo, pero lo verdaderamente llamativo no era eso, sino el grosor y lo marcado de las venas.

Ella no pudo evitar relamerse la boca porque no pudo evitar sentirse más ansiosa de sentirlo dentro de sus carnes, así que lo tomó por el cuello para darle a entender que quería reunirse con él y en ese preciso instante, volvieron a besarse.

Poco a poco, ese hombre grande y fuerte, se acomodó entre sus piernas para proceder a hacer una primera embestida lenta. Mariana tuvo que hacer un enorme esfuerzo por no gemir demasiado fuerte. Una tarea demasiado difícil.

Después de entrar completamente en ella, volvió a moverse poco a poco para luego ir a un ritmo más constante y fuerte. Las manos de Mariana se afincaron con intensidad sobre sus brazos. Sentía dolor y placer al mismo tiempo.

Cada vez que sentía que él la penetraba de esa manera tan intensa, ella se sintió mucho más viva, como si fuera una mujer de verdad y moría por transmitirle eso a su amante de ese momento. Lo miraba y lo besaba, le acariciaba ese cabello largo, negro y espeso para sentirse más unida a él.

Él iba más adentro y más fuerte, también desesperado por unirse más a esa mujer tan bella. La arena y el mar de Moorea hicieron que el sexo de esa noche fuera simplemente increíble.

Al cabo de unos minutos, una especie de corriente eléctrica recorrió el cuerpo de Mariana. Cerró los ojos con fuerza porque pensó que no podría más y tuvo la urgencia de abrazar el torso de él con sus piernas como para no dejar de sentirlo. Siguieron cogiéndose hasta que ella abrió la boca para dejar salir un gemido suave y reprimido. Mariana tuvo un orgasmo tan intenso que pensó que se desmayaría poco después.

Al terminar, ambos se quedaron abrazos por un rato. Debido a la cercanía, ella sintió que el corazón de él todavía estaba acelerado. Sonrió para sí misma y se quedó allí, disfrutando de ese calor tan delicioso.

Ambos se dieron cuenta que debían regresar porque en poco tiempo partirían de regreso a Papeete, así que se levantaron y comenzaron a vestirse y disimular que no había pasado nada… Aunque sabían que no fue así.

Luego de arreglarse, se encaminaron hacia el grupo, ubicado a cierta distancia de allí. En el camino, Mariana se sintió como la mujer más segura del mundo. Por fin había liberado un poco la sensación de estrés y de angustia que había acumulado en su interior por mucho tiempo.

Durante ese lapso, recordó las conversaciones con las mujeres y las experiencias que tuvo en el trayecto. Los instantes en los que vio la sangre, el sudor y las lágrimas de las mujeres que se entregaban por deseo y por amor.

Estaba entendiendo que las armas de seducción variaban dependiendo de la cultura, pero eso mismo estaba sujeto a cada mujer. Ella misma se dejó llevar por el deseo y por las ganas y no se sintió mal, todo lo contrario, se dio la oportunidad de ser un poco libre. Esa sensación fue más que increíble.

La reflexión se terminó justo cuando vio a Isabel correr hacia ella con expresión de miedo y alivio.

-¡Joder! ¿Pero en dónde estabas? Casi me dio una crisis de…

Isabel no leyó de inmediato el rostro de Mariana hasta que vio al guía sonrojarse y tratar de disimular algo. Tras unos minutos eternos, Isabel tomó a Mariana por el brazo y la llevó cerca de una mesa.

-Vaya, vaya. La tía más seria y comedida se enrolló con el guía. Hoy casi te gradúas de chica mala, eh.

Mariana se quedó en completo silencio, roja y un poco avergonzada.

-JA, JA, JA, JA. Qué bueno hermana. De verdad. Todos y todas nos merecemos un poco de amor. —Luego de decir eso, Isabel le hizo un guiño a su hermana.

La celebración continuó un poco más hasta que se hizo el traslado hacia la capital. De vez en cuando, Mariana y el guía se miraban furtivamente, como si fueran un par de adolescentes.

Al llegar, los turistas terminaron por dispersarse y por irse a sus respectivos hoteles. Mariana, sin embargo, quedó un poco rezagada. En ese momento, el guía le tocó suavemente el brazo.

-Hola... ¿Cómo sigues?

-Pues, mejor. —Respondió ella con una sonrisa en los labios.

-¿Sabes? Me gustaría volver a verte.

Mariana recordó que tenía una misión que terminar y que esa era su prioridad. Sin embargo, no descartó la idea de encontrarse de nuevo con él.

-Tengo que seguir con mi viaje... Pero quién sabe, a lo mejor lleguemos a encontrarnos.

Él se tornó un poco taciturno, pero comprendió la respuesta de ella.

-Vale, entiendo. —Acto seguido ofreció su mano hacia ella.-

Disfruta tu aventura…

-Hermosa… Espero que nos podamos encontrar pronto. De verdad.

Se miraron por un momento hasta que ella se acercó a él para darle un beso en los labios. No supo exactamente por qué lo hizo, simplemente se dejó llevar por el impulso del momento.

Desde cierta distancia, Isabel miró a su hermana casi con orgullo. Se sintió feliz porque tuvo la sensación de que el viaje estaba ayudando a su hermana a soltarse un poco más, a no tener miedo de vivir experiencias. Se volteó para darle privacidad y la esperó a un lado del puerto.

-Creo que ya es momento de la etapa final de nuestro viaje. —Dijo Mariana con voz suave.

-¿Calixto? Algo me dice que será un lugar inolvidable para las dos. —Respondió Isabel con una sonrisa pícara.

Después de unas buenas horas de sueño, un baño caliente y un desayuno con muchas calorías, Mariana e Isabel regresaron al puerto para que las llevaran a Calixto. Sin embargo, lo más llamativo del asunto fue que no encontraron a nadie que conociera la isla.

-Joder, esto no puede ser. Se suponía que no tendrían problemas en llevarnos. Tenemos que ir, de alguna manera u otra. —Mariana denotó cierta amargura en la voz, Isabel trató de entender el sentimiento, pero lo percibió un poco exagerado.

Ambas permanecieron en el puerto casi a punto de rendirse hasta que sintieron una figura que se les acercó lentamente. Al final, resultó ser una mujer alta, con un vestido largo y el cabello negro recogido hacia atrás.

-¿Ustedes son las que buscan ir a la isla de Calixto?

-Sí, pero nos han dicho que el lugar no existe, que es una especie de leyenda. –Respondió Mariana, aún con indignación en la voz.

-La isla existe y yo puedo llevarlas. Vengan conmigo. –Señaló la mujer con aire ceremonioso.

Isabel no estuvo muy segura, pero el impulso de seguir a Mariana terminó de convencerla. Las dos siguieron a la mujer hasta casi el final del muelle. Las tres quedaron frente a un bote de motor eléctrico y procedieron a subir con cuidado.

La mujer no dijo una palabra después de esa corta conversación que tuvieron hacía minutos atrás. Al estar completamente acomodadas, comenzó el viaje hacia la isla de Calixto.

Mariana, sentada entre un par de tablas macizas de madera, miró hacia el horizonte. De inmediato sintió la brisa marina en el pelo y los rayos de sol en su rostro. Cada vez que avanzaban, tuvo la sensación que la isla la llamaba. Le resultó gracioso ese pensamiento, pero después se dio cuenta que quizás tenía sentido.

Después de un rato, Mariana e Isabel sólo veían mar. Por un instante, pensaron que Calixto sólo era una especie de cuento para aventureros. No obstante, descartaron la idea cuando divisaron una pequeña, pequeñísima isla emerger de las aguas. Ambas se miraron y celebraron con alegría. No lo podían creer.

La mujer del vestido largo maniobró el motor del bote de manera que este pudiera atracar sin problemas sobre la arena. Las tres bajaron y caminaron hacia la playa. Sin duda, era un lugar hermoso: de aguas turquesas, arena blanca y palmeras altas, todo bajo un cielo despejado y un sol radiante.

-Bienvenidas a Calixto. Síganme, por acá encontrarán un lugar para dejar sus cosas y descansar.

Mariana se colocó al lado de la misteriosa mujer para preguntarle:

-Busqué este lugar y no se encuentra prácticamente en ningún mapa, incluso cuando dije que quería venir para acá, la gente no me creyó. ¿Por qué pasa eso? ¿Sucede con frecuencia?

-Señorita, hay lugares que sólo se muestran a las personas indicadas. No todos tienen la disposición de hacerlo.

Mariana se quedó intrigada por la respuesta y, aunque quiso hacer muchas más, no pudo porque de lo contrario se quedaría atrás. Finalmente estaban allí y ambas estaban emocionadas por lo que estaban por vivir.

# 8. EL LUGAR DE LAS DAMAS SENSUALES

Mariana e Isabel siguieron a la mujer con vestido largo por la playa de arena y pequeños trozos de coral. Las palmeras altas, el cielo despejado y ese sol brillante en el punto más alto acompañaban el paisaje.

-Debemos seguir por aquí. —Dijo la mujer con completa tranquilidad.

Atravesaron entonces un trozo de selva. Mariana se sintió como si estuviera en una excursión de aventura. El sentimiento se afianzó con el sonido de los pájaros y demás animales que estaban allí.

Estuvieron caminando por unos minutos hasta que se encontraron con una imagen impresionante. Habían llegado a un espacio abierto, amplio, en donde se desplegaba una pequeña ciudad que estaba rodeada entre montañas.

Isabel avanzó impresionada, miró al horizonte y se dio cuenta de las casas pintadas de blanco, los balcones rodeados de enredaderas y flores, ese aire marino y el movimiento de la brisa. Todo parecía un ambiente armonioso y perfecto.

Calixto a primera vista lucía impresionante, de una belleza casi extraída de relatos de mitología y cuentos fantásticos. Sin embargo, Mariana prestaba atención ante todo lo que le rodeaba, sobre todo la dirección que tomaba la mujer con el vestido largo. Aún tenía en su corazón un poco de miedo sobre cómo estaban sucediendo las cosas.

-¿Hacia dónde vamos? —Mariana se atrevió a preguntar.

-Primero iremos a un lugar para que puedan dejar sus cosas y también refrescarse. Después nos reuniremos con nuestra alcaldesa para que puedan hablar cómodamente. ¿Les parece bien?

Después de caminar una distancia considerable, por fin se adentraron en las calles de esa pequeña ciudad. Resultó ser un lugar muy íntimo y tranquilo, de muy pocos coches y con ligeros murmullos de las conversaciones de la gente que caminaba por allí.

Sin embargo, las hermanas se dieron cuenta de algo peculiar: las mujeres parecían exudar una confianza envidiable. Tenían un algo, una especie de encanto que no habían visto. Eso, sin nombrar el hecho de la tranquilidad y la paz que se respiraba en el ambiente. Mariana no estaba segura si se trataba del clima apacible de la isla o si había algo más.

Finalmente se acercaron a una posada en el corazón de la ciudad. Resultó ser un edificio de no más de seis pisos y con una estructura sencilla y abierta. Al igual que el resto de las demás casas de la ciudad, la posada era blanca, prístina y rodeada de un verdor vibrante.

Las puertas de madera estaban abiertas, por lo que sintieron de inmediato un ambiente de bienvenida. El lobby era amplio y con muebles sencillos, pero sobrios. Lo más impresionante era el patio interno, el cual no tenía techo y permitía bañar de luz toda el área.

-Me siento como en el paraíso. –Llegó a decir Isabel, palabras que de paso fueron bien recibidas por parte de la joven que atendía la recepción.

-Es un placer tenerlas acá. Contamos con una habitación para ambas con vista a la playa. Vengan conmigo.

Tras un rápido registro, ambas siguieron a la chica risueña. Mariana sintió que por fin había encontrado el lugar que tanto buscó. Calixto era la isla de los misterios del deseo, del amor pasional y también era el hogar de esa persona que le ayudaría a darle luces sobre su verdadera identidad… Tanto la de ella como la de su hermana.

Subieron entonces unas escaleras de parqué oscuro y rodeadas de plantas de hojas grandes. Se quedaron en la segunda planta y la recepcionista les dio las llaves de su habitación.

-Aunque sólo servimos el desayuno, si les apetece algo para la cena hay una variedad de restaurantes cerca que tienen cartas hasta para los más exigentes. Cualquier información que necesiten, por favor, no duden en llamarme.

-Muchas gracias. –Respondió Isabel.

Las hermanas se quedaron en una habitación amplia y ventilada. Apenas entraron, percibieron el aroma del mar, de la arena y de una esencia de coco que provenía de un par de jabones que estaban sobre las camas.

-¿No te dio la impresión de que estaban esperando por nosotras? –Preguntó Isabel, con cierta preocupación.

-Sí, también me pareció algo extraño. Quizás hay un componente místico en todo esto. Pero bueno, supongo que eso lo descubriremos cuando hablemos con la alcaldesa.

-No lo sé, pero todo esto me hace sentir como *influencer*, ¿sabes? Lista para subir mis aventuras en Instagram y toda la cosa.

-Isa, no creo que eso sea buena idea. Parecen personas muy preocupadas por mantener la privacidad y la tranquilidad de sus vidas. Fíjate que encontrar este lugar fue casi como un golpe del destino.

-Lo sé, lo sé. Sólo quería imprimir un poco de humor en todo esto. Siento que estamos en una situación seria. –Agregó Isabel, un poco preocupada.

-Ya estamos aquí y la única alternativa que tenemos es disfrutar esto en todo momento. Es una aventura. –Dijo Mariana, con la mente llena de pensamientos y reflexiones.

Tras tomar una larga ducha, ambas se prepararon para la cita que tenían con la alcaldesa de Calixto. Resultó un poco impresionante ya que ambas, a pesar de haber crecido en un ambiente pudiente y rodeado de personas importantes, no se imaginaron que tendrían la oportunidad de toparse con una figura como esa durante su viaje.

Les indicaron que debían ir al centro de la ciudad, específicamente al edificio del gobierno local. Mientras iban caminando, se dieron cuenta que la isla era mucho más organizada y moderna de lo que habían pensado. Muchas de las casas contaban con paneles solares, centros de reciclaje para el aprovechamiento de materiales y un espectacular WiFi libre.

Llegaron al edificio el cual resultó ser más o menos similar a la posada, solo que contaba con una placa dorada que la identificaba como recinto gubernamental y como casa de la máxima autoridad de la isla.

Apenas entraron, fueron recibidas por una oficial mujer que las acompañó hasta el despacho principal. La alcaldesa estaba allí esperándolas.

La oficina era un lugar amplio y aireado. Los techos altos y los ventanales con persianas de madera, le daban un aspecto tropical y algo informal al lugar. No obstante, lo más interesante del lugar era esa mujer que estaba allí.

De piel morena, cabello largo y rizado y con una amplia sonrisa, la alcaldesa de Calixto recibió a Mariana e Isabel como si fueran conocidas de toda la vida.

-¡Bienvenidas! Resulta un gran placer para nosotros el tener invitadas como ustedes. Venga, siéntense.

Ciertamente el recibimiento fue cálido, pero aún Mariana sentía que era demasiada familiaridad en tan poco tiempo.

-¡Hola! Me llamo Mariana y ella es mi hermana Isabel. Es un

placer estar aquí. Es un sitio encantador. Morimos por conocer más a su cultura.

La alcaldesa miró a sus hermanas con real cordialidad.

-Calixto es un lugar mágico, creo que ustedes se han dado cuenta de ello. —Hizo un guiño que las hermanas entendieron en el momento.

-Lo cierto es que, aunque no tengo demasiado tiempo para atenderlas ahora, las quiero invitar esta noche a un evento que es muy importante para las mujeres de esta isla. Algo me dice que les resultará interesante.

Mariana tuvo la sensación de que recibiría información para el libro. Además, tenía la esperanza de encontrar una pista importante para resolver el misterio que se había topado desde hacía tiempo.

-¡Perfecto! ¿A dónde tendríamos que ir? —Preguntó Isabel, con un notable entusiasmo.

-Todas nos concentraremos en la plaza central. De allí iremos a un lugar que tenemos preparado para que todas lleguemos al mismo tiempo. ¿Les parece bien?

-Sí, vale, perfecto. Estaremos allí puntuales. —Respondió Mariana, con una sonrisa un poco incómoda.

Isabel y Mariana salieron de ese enorme edificio para sentarse y tomar un poco de aire tras esa reunión que acababan de tener.

Lo cierto fue que ambas permanecieron sentadas en un banco debajo de un árbol de trinitarias. El sol estaba a lo alto, pero la brisa era fresca y agradable. Isabel respiró profundo y Mariana la imitó poco después.

-¿No sientes miedo después de esa invitación? —Dijo Isabel, con la mirada absorta.

-Un poco, pero no me da desconfianza, es como si estuviéramos alguna especie de conexión. La verdad es que esto me emociona un poco. —Mariana miró a su hermana y le transmitió la seguridad que tenía por dentro.

-Vale, iremos entonces.

Se regresaron a la posada para descansar y prepararse para ir hacia la plaza central en la noche. Gracias al ambiente místico de la isla, Mariana e Isabel se dirigieron al lugar como si estuvieran envueltas en una especie de trance.

En cuanto salieron, la calle estaba sola, desierta. Permanecieron dudosas un momento, pero decidieron seguir. Mientras avanzaban, se dieron cuenta que el camino estaba llenándose de mujeres que iban hacia la misma dirección.

Todas parecían estar con un aura tranquila y de celebración, pero preservando la emoción para otro momento. Fueron más, muchas más de lo esperado. De hecho, al reunirse en la plaza, permanecieron en silencio. Nadie hablaba.

De repente, se apareció la alcaldesa con ese mismo ánimo cálido de la primera vez. Ella se acercó hacia las hermanas y las tomó de los brazos con suavidad.

-Hola, chicas, qué bueno que están aquí. —Se acercó a ellas como si estuviera a punto de compartir una especie de secreto de Estado. —Verán, les contaré esto rápidamente. Cada semana, todas las mujeres de Calixto nos reunimos para hablar y venerar a dos de nuestras diosas principales. Gracias a ellas descubrimos la belleza de lo femenino y de la familia. Se darán cuenta de ello cuando estemos en el lugar.

Mariana agudizó el oído lo más que pudo con el fin de recoger toda la información posible. No obstante, cuando quiso hacer una pregunta, no se le hizo posible porque el grupo comenzó a avanzar.

Los ojos de Isabel estaban perplejos ante esa masa de mujeres que tenía en frente. Las asistentes eran variopintas, tías de todas las formas y colores, estilos y orígenes. Tan diferentes e iguales al mismo tiempo.

Mariana respiró profundo mientras permaneció junto a la alcaldesa y su hermana. De resto, se entregó al ánimo colectivo.

El grupo de mujeres caminó con lentitud y tomaron como dirección una sección de la isla bastante alejada de la pequeña ciudad. Atravesaron un conjunto de palmeras altas, vegetación y arena. Cada paso anunció la cercanía del mar, por lo cual Mariana asumió que no estaban muy lejos de allí.

Descendieron hasta que llegaron a una cueva entre las montañas. Siguieron con la ruta hasta que comenzaron a entrar por grupos. Finalmente, cuando fue el turno de las hermanas, ambas se encontraron con un panorama impresionante.

A pesar del exterior rústico de la cueva, el interior era prolijo y ordenado. El olor a mar contrastaba con el perfume de las flores que servían para decorar el interior. La luz provenía de antorchas y alguna que otra vela.

-Estamos cerca. —Se apresuró a decir la alcaldesa, mientras que los ojos de Mariana e Isabel inspeccionaban cada rincón.

Llegaron a una zona central en donde había sillas dispuestas de manera circular y alrededor de dos estatuas hechas de mármol blanco. Justo debajo de ellas, había un pequeño espacio en la cueva que permitía la entrada de un poco de luz, así que aquello sirvió para alimentar más el aura místico de la reunión.

Las mujeres comenzaron a sentarse, así que Mariana e Isabel hicieron lo mismo, aunque la alcaldesa se despegó de ellas. Sin embargo, eso no significó algún tipo de incomodidad al respecto, más bien sentían que estaban en el lugar en el que debían estar.

Cuando todo el mundo encontró su lugar, la alcaldesa emergió entre el público asistente con una sorprendente seriedad. Caminó uno cuantos pasos y se ubicó entre las dos estatuas de mármol, como si estuviera protegida por ambas.

Mariana sospechó por un momento de quienes se trataban, pero no quiso apresurarse en sacar conclusiones. Se mantuvo concentrada en lo que tenía frente a sus ojos.

-Amigas, hermanas, esta noche celebramos otra reunión en donde celebramos nuestro ser como mujeres, como amantes, como esposas, como novias. Estamos aquí para recordarnos que nuestro cuerpo y mente nos pertenecen, y que gracias a ellos también podemos complementarnos con el otro... Sin dejar nuestra esencia, sin dejar de ser fieles a nosotras...

Esas palabras retumbaron en la mente de Mariana. Lo escuchó decir de Lady Roux y de Payal. Se sintió tan impresionada porque no pudo imaginar que fuera posible que existiera tal nivel de conexión.

-Afrodita y Juno nos protegen. A nuestra diosa del amor, del sexo y del deseo también la vemos como una aliada de la soberana de la familia y la fidelidad. Son nuestros pilares y nuestras grandes maestras de vida. Gracias a ellas, a sus historias y experiencias, somos las amantes perfectas, las parejas ideales, las compañeras de vida que todos desean.

Mariana asintió comprendiendo todo lo que estaba escuchando. Le pareció un poco particular que aún persistiera la veneración a esas figuras mitológicas, pero algo le dijo que todo tenía sentido. Ahora le faltaba la otra parte, saber la razón de ello, el origen de todo.

-... Calixto es un lugar que se manifiesta para nuestras hermanas que buscan ayuda y que desean respuestas para comprender lo que les pasa. Esta isla, nuestro hogar, tiene la fuerza para llamar a sus discípulas sin importar la distancia ni las circunstancias. Es por ello que celebramos el hecho de ser mujeres, porque todas y cada una de nosotras estamos unidas en lo mismo. —La alcaldesa terminó esas palabras que hicieron eco en esas paredes de roca húmeda.

El ambiente sereno y dulce se volvió más intenso cuando varias mujeres, jóvenes y mayores, se acercaron a rendir ofrendas a las estatuas. Algunas a Afrodita y otras a Juno. Unas cuantas a las dos también.

-¿Qué te parece esto? Nunca imaginé que vería algo así. —Dijo Isabel a su hermana en un susurro.

-Tiene sentido que la gente no conozca este lugar. Me cuesta creer que existe este componente mágico en todo esto. — Respondió Mariana, verdaderamente impresionada y conmovida.

Flores y frutas fueron dejados sobre las bases de las estatuas. Luego, procedieron a hacer rezos y cánticos. Mariana parecía fotografiar todo lo que estaba pasando para que nada se le escapara. Además, también tenía la esperanza de encontrar más información al respecto. Deseaba indagar sobre ese misterioso lugar.

Minutos después, una mujer se levantó en silencio para ubicarse en el mismo lugar en donde se había encontrado la alcaldesa.

-Quiero recordarle a todas nuestras hermanas que este espacio es libre para que manifiesten sus dudas, rezos y celebraciones. Este es un lugar que nos pertenece, a locales y foráneas, a las que se quedan y a aquellas que son nómadas. Nuestros cuerpos y espíritus son libres, son nuestros. No olvidemos eso.

La alcaldesa retomó su lugar y procedió a terminar con la reunión. Sin embargo, Mariana e Isabel se quedaron sentadas puesto que tenían más preguntas que hacer. Así pues, esperaron que la cueva quedara prácticamente vacía para acercarse a la alcaldesa.

-Imaginé que las vería después de terminar. –Dijo en cuanto tuvo a las hermanas frente a sí.

Mariana no pudo reír un poco producto de los nervios, por lo que respiró lentamente para sentir un poco de confianza y hablar con más soltura.

-¿Existen otros rituales aparte de la reunión de ahora? –Dijo ella finalmente.

-Sí, sí, claro. Esto sólo suele ser algo mucho más sencillo para que estemos todas y para recordarnos que debemos apoyarnos por si surge algún problema o inconveniente. Calixto es un lugar en donde se albergan mujeres que comprendieron algo muy importante: no tenemos que competir entre nosotras, no tenemos que pelearnos para lograr el amor de un hombre, no. Todo lo contrario. Es cuestión de hallar a la amante perfecta que tenemos dentro de nosotras, esa mujer que vive debajo de nuestra piel y que ansía salir. –Respondió la alcaldesa con total normalidad. –Es por ello que ves a chicas jóvenes y mujeres ya en edad madura. ¿Por qué? Porque seguimos siendo seres humanos con deseos, con lujuria, pero también con ganas de amor. Somos diferentes y al mismo tiempo no. Sé que puede sonar raro.

Durante todo ese rato, Isabel permaneció en silencio, como si hubiera querido absorber las palabras. Se dio cuenta que no estaba demasiado lejos de comprender esa filosofía de vida puesto que la había aplicado para sí misma… Al menos de alguna manera.

-Pero ¿cómo ser la amante perfecta? ¿Cómo dar con eso si bien es un proceso que puede tomar tiempo? –Preguntó Isabel finalmente.

La alcaldesa permaneció pensativa un rato y luego miró a las hermanas:

-Cada mujer debe encontrar su camino, pero hay métodos que

hemos probado. De hecho, contamos con una consejera sexual que sería como una especie de sacerdotisa para nosotras. Es una figura importante, pero no siempre accesible. De resto, tenemos lecciones y hasta prácticas de todo tipo. Aquí hablamos libremente del sexo y de la masturbación, por ejemplo. Son palabras que no son ajenas a nosotras y por eso la tomamos con naturalidad.

Mariana escuchó "consejera sexual" y sintió que todas las alarmas de su cuerpo comenzaron a sonar. Una especie de frío se manifestó en su estómago. No estuvo segura si se trataba de miedo o de nervios, pero supo que no estaba demasiado lejos de encontrarse con la verdad.

-¿Cómo podemos contactarla? De verdad me gustaría hablar con ella. Creo que podría comprender mejor la historia de la isla. —Mariana estaba decidida a ir hacia adelante.

-Pues, es un poco complicado puesto que no es alguien que necesariamente convive con nosotras. Sé que puede sonar extraño pero es así. Sin embargo podría tratar de hablar con ella. Como dije, todas las mujeres que terminan en Calixto son nuestras hermanas y sin importar quién sea, debe tener la oportunidad de conocer y conocerse como se debe. Lo bueno se comparte y debe compartirse sin límites.

Entonces Mariana, en su interior, empezó a celebrar. Estaba más cerca de lo que realmente pensaba.

-Por otro lado —se apresuró en agregar la alcaldesa-, creo que no estaría mal que les hablara un poco más sobre nuestra historia. Calixto tiene un pasado interesante y eso también les ayudará sea cual sea su objetivo.

Mariana dejó que Isabel se adelantara un poco, quería tener un poco de espacio para poder hablar con la alcaldesa, así fueran unos minutos.

-Quería preguntarle algo más sobre esa mujer que parece ser

muy importante. ¿Tiene tiempo viviendo aquí?

-Oh, sí. Mucho, en realidad. Pero como te digo, ella es casi un enigma. Sólo se muestra cuando quiere o cuando cree que es necesario. Pero eso sí, todas las conocemos, de alguna manera hemos podido contactarnos con ella y nos ha dado una experiencia increíble y poderosa. —Respondió la alcaldesa con sumo entusiasmo.

-Vale, comprendo. Espero que tengamos la oportunidad de hablar con ella. De verdad. —Dijo Mariana con ese asomo de real esperanza.

No siguió porque sabía que su hermana era tan o más curiosa que ella, así que tuvo que reservarse un poco para después. Sabía, de todas maneras, que confesaría todo, pero ese no era el momento.

Se regresaron a pie, caminando por las calles plácidas y tranquilas de Calixto. A pesar de que habían pasado una experiencia muy particular, sabían que no sería la última.

Al día siguiente, ambas decidieron ir a la biblioteca de la isla para informarse un poco más, antes de reunirse con la alcaldesa. Querían y necesitaban un contexto más claro.

Tras tomar un abundante desayuno, ambas fueron a los salones amplios y ventilados de la biblioteca. Sus ojos y dedos repasaron líneas de notas de prensa y de libros también. En los primeros, encontraron información sobre la fundación de una isla pequeña e independiente, la cual no fue reclamada por ningún país. Entonces, con el paso del tiempo, fue poblada por foráneos que la convirtieron en su hogar.

Mientras Mariana estaba con la cabeza hundida entre los recortes de prensa, Isabel tenía la vista ocupada en los libros de textos que resultaron ser muy interesantes.

La biblioteca de Calixto contaba con una amplia gama de

textos especializados en sexo y placer, sin dejar de lado que provenían prácticamente de todos los lugares del mundo.

A Isabel le llamó la atención y en su mente las cosas cobraron sentido. El sexo era un tema del que se hablaba libremente y sin tapujos. No era necesario tratarlo con guantes de seda porque existía la creencia de que era importante hablarlo con sinceridad.

Posiciones adecuadas, formas de acariciar efectivas para estimular los bajos instintos, besos sensuales y apasionados, incluso instrucciones sobre cómo darse placer a sí misma para conocer los puntos necesarios para llegar al orgasmo, eran algunos de los temas que ella logró encontrar en ese lugar.

Lo cierto fue que se interesó más en lo que estaba leyendo porque no podía dejar de pensar en Alonso. En tenerlo entre sus brazos, en tocarlo en donde quería para que él se perdiera en la pasión como ella, de verdad ansiaba verlo y mucho.

Después de un rato y con la mente más clara, ambas volvieron al edificio gubernamental principal para pasar un rato con la alcaldesa. Ambas tenían grandes expectativas.

Las recibieron con más calma pero con la misma amabilidad de siempre. La mujer de sonrisa cálida y agradable, dispuso la mañana para poder explicar mejor la vida de Calixto para las hermanas.

-Realmente no sé cuáles son las razones por las que están aquí, pero sí he entendido algo de este lugar. No sólo es mi hogar o el hogar de muchas y muchos aquí, también es un sitio en donde la gente tiene la posibilidad de encontrarse. Ahora bien, Calixto tiene una historia muy reciente, en realidad es un lugar prácticamente desconocido y eso es algo que agradecemos, ya que ese ambiente íntimo también ha ayudado a calar en el comportamiento de la gente.

Mariana recordó la actitud de las mujeres, especialmente. Con una sensualidad y seguridad evidentes, además de tener maneras de hablar y moverse que denotaban pasión.

-Me he fijado en eso y en lo que parece influir en los hombres. Es como si las desearan más y no tuvieran la necesidad de mirar siquiera a otros lados. —Señaló Mariana.

-Ahí está el detalle —señaló la alcaldesa al acercase más a las hermanas-, una buena autoestima y la cultura del amor han sido pilares fundamentales para que las mujeres sean consideradas como diosas sexuales. Sí, les rendimos culto a dos figuras que nos sirven de inspiración, pero el trabajo real está en nosotras mismas y eso se nos enseña desde la adolescencia. A diferencia de otros lugares en el mundo, somos sinceras con nosotras y las demás. Aceptamos nuestros cuerpos, los amamos y decidimos explorarlo sin miedos y con guía.

-¿Quién sirve de guía? —Preguntó Isabel, genuinamente interesada.

-Bien, hay diversas fuentes. Las madres son unas, claro. Pero es allí cuando entra la figura de nuestra consejera sexual, una mujer con una experiencia de oro que nos ayuda a comprender mejor nuestros cuerpos. De hecho, hablando de este tema, tengo buenas noticias, nos reuniremos con ella mañana en la noche.

Mariana sintió cómo su corazón dio un salto dentro de su pecho. Comenzó a acelerarse y a preguntarse si lo que acababa de escuchar fue real. Por fin, tras largos meses, estaba cerca de descubrir su pasado y el de su hermana.

-… Pero en vista de ello —dijo la alcaldesa-, me parece que sería interesante que fuéramos a un lugar que es casi como una tradición en Calixto. Resulta que es una tienda en donde podemos encontrar, pues, cómo decirlo… Ehm, ciertos objetos que nos ayudan a ser esas diosas que somos. ¿Qué dicen?

Isabel no pudo ocultar su ánimo por obvias razones. Una mujer como ella, aventurera y apasionada, pensó que ir a ese lugar podría abrirle un poco más la mente a otras cosas. Mariana, en cambio, asintió ligeramente mientras pensaba en la cita que tenían la noche siguiente.

Poco a poco, Calixto comenzó a mostrarse como un sitio realmente interesante. Se volvieron familiares prácticamente de la noche a la mañana, fue como si formaran parte de ese lugar desde siempre.

Horas después, volvieron a encontrarse con la alcaldesa para darse cita a ese lugar que les habían nombrado. Como siempre, las calles de piedra de Calixto estaban tranquilas y frescas, rodeadas, además, de un ambiente agradable.

-Bueno, chicas. Ahora llegó un momento importante. Este lugar del que les hablé es increíblemente especial para nosotras. Allí podrán comprender un poco más de dónde proviene toda esa mística de las mujeres de aquí.

La alcaldesa se ubicó entre las hermanas y caminaron hacia una de las zonas más alejadas de la ciudad. Luego, se adentraron en una especie de callejón oscuro y un poco frío.

Mariana notó que en los alrededores se encontraban tiendas eróticas de todo tipo. Incluso, pudieron notar una especializada en BDSM, ambas sonrieron en complicidad.

La alcaldesa se paró frente de una tienda que estaba a oscuras, salvo por una pequeña luz que se encontraba casi al fondo del lugar. Gracias a la misma, Mariana e Isabel pudieron observar lo que había en el interior: una serie de estantes con consoladores y vibradores, libros y afiches instructivos. De hecho, se dieron cuenta que no había nada del otro mundo. Entonces, ¿cómo podía ser un punto tan importante?

Permanecieron en las afueras de la tienda por un rato hasta que una mujer emergió de entre las sombras. Una tía alta, de piel morena oscura y de trenzas se acercó sigilosa hasta la puerta. De inmediato, reconoció a la alcaldesa y le abrió rápidamente.

-¡Caramba! No me imaginé que vendrías por estos lares. ¿Te funcionó lo que te dije?

-Sí, sí. Pero no vengo por ello -se apresuró a decir la alcaldesa-, ellas son mis invitadas y las he traído para que les hables de tu tienda.

Mariana e Isabel saludaron con cierta timidez.

-¡Estupendo! Me encantan las visitas. Justamente estaba revisando un pedido y por eso me había quedado hasta tarde, y menos mal, eh, si no, no me hubieran encontrado.

La mujer de trenzas se presentó como Lorena y dejó entrar al grupo de mujeres. Las hermanas, con cuidado, comenzaron a reconocer el espacio en donde se encontraban. Si bien la tienda desde afuera parecía común y corriente, por dentro lucía diferente, casi como un santuario.

-Venga, por favor, tengo un poco de té. Conviene un poco porque la noche está fría. —Invitó Lorena.

Las cuatro llegaron a una sala aparte de la tienda y se sentaron en unos sillones cómodos de tela. En el ambiente se percibió el aroma del incienso y de las rosas. La calidez del sitio hizo sentir a Mariana e Isabel que se encontraban en una especie de reunión íntima y la simple idea les agradó inmensamente.

-Bien, ¿qué quieren saber? —Dijo Lorena con rapidez.

-Pues, se nos ha dicho que este lugar es importante para las mujeres de Calixto, queremos saber la razón. ¿Qué tiene de especial esta tienda? —Preguntó Mariana, ya lista para anotar las impresiones de la conversación.

Lorena se acomodó sobre su asiento, echó parte de sus trenzas hacia atrás y miró a sus invitadas con esos ojos grandes y negros.

-Esta tienda le perteneció a mi abuela y a mi madre. Ambas me enseñaron la magia del amor y el sexo y de cómo estos podían ser transmitidos a través del cuerpo. Claro, existen muchas maneras, pero esta es la nuestra. —Hizo una ligera pausa y luego prosiguió-. Esta tienda tuvo un inicio humilde, nada pretencioso, pero mi madre y abuela notaron la infelicidad de las mujeres de aquí porque sufrían de infidelidades y engaños. No sabían la razón, no entendían el por qué. Lo cierto es que las recibimos a todas y tratamos de darle un espacio para escucharlas. Recuerdo que de niña veía a mujeres tristes y desesperanzadas, pero mi madre y abuela las escuchaban atentamente…

De repente, Lorena se puso de pie y fue hacia un mueble de madera que tenía cerca. Buscó con rapidez y decidió sacar una pequeña libreta que estaba en una gaveta. La tomó entre sus manos y la llevó hacia la mesa.

-Ellas, como mujeres creyentes del sexo y el amor, pensaron que la solución era hacerlas sentir más plenas consigo mismas. Así que en estas hojas diseñaron algunas cosas que vieron afuera: consoladores, principalmente. Recuerdo que una vez mi abuela dijo que el secreto del placer consistía en encontrarlo en sí misma, y tenía razón. Mucha razón. Fabricaron estos objetos para que sus compradoras pudieran tener acceso a su propio placer, a su autoestima.

-Entonces, ¿cuál es la conexión con las diosas? —Dijo Mariana con el afán de encontrar conexión en lo que se le estaba presentando.

-Pues, muchísimo. Mi familia, a pesar de provenir de un contexto cultural diferente, se abrió hacia las creencias de este lugar. Mi madre y mi abuela se dieron cuenta de que lo femenino es universal, ilimitado y flexible, así que no rechazaron ninguna propuesta, más bien presentaron una forma de vivir la sexualidad que se acopló bien con el tiempo. —Lorena sonrió al darse cuenta de la importancia que tenía su herencia sobre Calixto. —Ah, se me olvidaba, he decir que nosotras también nos comunicábamos con la consejera sexual de la isla, esta mujer es una guía importante, yo, en lo particular, sólo soy una pequeña pieza de este hermoso engranaje.

Mariana e Isabel parecieron comprender que la clave de esas mujeres sensuales radicaba en que se dieron la oportunidad de vivirse plenamente y sin vergüenza. La exhibición de consoladores y vibradores de todos los tamaños, materiales y formas, aseguró una variedad de opciones para cualquier mujer.

-¿Quién puede venir acá? —Preguntó Isabel.

-Cualquiera que sienta su despertar sexual. Lo maravilloso es que hay guía, hay acompañamiento. En Calixto no estamos solas y creo que eso marca una enorme diferencia.

Mariana asintió lentamente porque en su mente comenzó a hacer las conjeturas sobre Calixto. Resultó ser una isla que tenía como principio esencial la colaboración y la confianza entre mujeres y no la competencia.

Después de un par de tazas de té, Lorena se levantó para enseñar la tienda a Isabel y Mariana. Les explicó el papel de los instructivos como herramientas para las mujeres que no tenían noción de su cuerpo.

-Todo lo que ven aquí fue diseñado y construido por mi madre, abuela y yo. Las tres nos hemos dedicado a pensar en el placer de la mujer. —Dijo Lorena mirando hacia el espacio con cierto aire de nostalgia. —El amor propio comienza cuando nos aventuramos plenamente, sin tapujos ni miedos.

Isabel y Mariana se acercaron a los estantes y se percataron de los detalles extraños sobre esos vibradores y consoladores.

Algunos tenían texturas y otros eran hechos de mezcla de materiales sorprendentes. Servían para estimular sólo el clítoris o para usarse durante la penetración vaginal, mientras estimulaban el ano. Las opciones eran muchas e interesantes.

Isabel tomó un consolador que le llamó la atención. Era de cristal claro y tenía una especie de brazo que salía del cuerpo del mismo. Era liso y suave al tacto, así que asumió que experimentaría una sensación agradable.

Lorena, al ver la elección, le dijo:

-Es excelente si quieres calentarlo o enfriarlo. Ya sabes, por cuestión de probar con temperaturas. —Le hizo un guiño que inmediatamente la hizo sonrojar.

La reunión se extendió un par de horas más hasta que las tres salieron de la tienda. Para Mariana e Isabel, la sensación de pertenecer a una hermandad, las hizo sentir como en casa.

-Bien, recuerden que mañana en la noche tienen una cita con la consejera de la isla. Su casa es esa que está allí, en lo más alto. No se tienen porqué preocupar porque estará alguien que las esperará para llevarlas. Yo lamentablemente no podré ir, no obstante, les aconsejo que aprovechen bien su tiempo. Hagan todas las preguntas que quieran porque es una oportunidad que no todas tenemos.

Mariana escuchó esas palabras y las tomó como un consejo que tenía que tomar muy en serio. Sería una ocasión valiosa que no podía desperdiciar.

Ambas regresaron a la posada y tras una breve conversación, Isabel se quedó rendida sobre la cama, roncando y feliz. Sin embargo, Mariana estaba asomada por el pequeño balcón para tener un momento a solas. Tenía la mirada fija hacia el horizonte y los oídos puestos en el sonido del mar. Deseó más que nunca fumar un pitillo.

Suspiró y volteó para ver a su hermana dormir. Sonrió con tristeza y luego recordó que aún tenía lo más duro por delante, el decir la verdad sobre ellas, el develar el misterio que sus padres le ocultaron por tantos años y que ella descubrió por accidente. Ahora ella tenía la responsabilidad de cargar con esa cruz hasta el final.

Trató de darse ánimos a sí misma y luego de unos minutos más, el frío le recordó que era mejor idea acostarse y olvidar todo, al menos por unos minutos.

# 9. LA VISITA

Mariana no pudo dormir, de hecho, se le hizo prácticamente imposible. La ansiedad pudo más que su cansancio. Fue por ello que se levantó temprano y optó por irse a la biblioteca a desglosar las entrevistas y a organizar el contenido del libro. La idea le sirvió para distraerse un poco y para despejarse la mente.

Gracias a la información que tenía acumulada, a las entrevistas y a las anotaciones personales que iba anotando en su libretita, tuvo mucho con qué ocuparse, así que permaneció allí casi todo el día, incluso la encargada tuvo que decirle que estaban próximos a cerrar.

Regresó entonces a la posada justo para encontrarse con su hermana. Ambas se quedaron en el comedor para conversar los avances que habían tenido en esos días. Entre las pastas, bollos, cervezas y muestras de textos, las dos no se percataron que faltaba poco para encontrarse con la sacerdotisa.

Lo cierto es que dejaron todo con velocidad y se encaminaron hacia ese lugar que la alcaldesa les había señalado. Mientras iban, el corazón de Mariana parecía que estaba a punto de explotar, sabía que se trataría de un momento cumbre.

A pesar del retraso, pudieron ir hacia la parte más alta de la isla, lugar donde se suponía estaba esta misteriosa mujer, la cual, de paso, actuaba como pieza de engranaje para las costumbres y las mujeres de Calixto.

Atravesaron tramos de vegetación de todo tipo, las palmeras parecían centinelas en el lugar y los animales que estaban alrededor, eran los guardianes de la consejera misteriosa.

-Bueno, aquí es. Las esperaré para regresar. –Dijo el chófer en cuanto Mariana e Isabel se bajaron.

Ambas recorrieron un camino de tierra hasta que se encontraron con una pequeña casa de madera. Isabel miró a su hermana con emoción, pero Mariana tenía los nervios a flor de piel. Se acercó entonces hacia la puerta y tocó un par de veces, se alejó un poco y esperó.

Del interior se escuchó un "adelante, está abierto" de manera clara y fuerte, ambas se miraron y se prepararon para entrar.

El ambiente del lugar era bastante silencioso y poco iluminado. De hecho, sólo unas cuantas velas estaban allí como para romper ese ambiente misterioso.

Mariana tomó el primer paso a pesar del miedo que le embargó el cuerpo. Isabel la seguía más atrás, sintiéndose mareada por el olor intenso a incienso y especias.

-Por aquí, acérquense. —Dijo la voz en medio de esas sombras espesas.

Fueron hacia un espacio iluminado por la luna de esa noche, la luz incidió sobre el perfil de una mujer que estaba sentada en una silla y con el rostro sonriente. Mariana, al verla, se dio cuenta que su búsqueda la dejó de nuevo en la nada.

De rostro joven y amable, cabello negro, largo y liso y con una camiseta y un par de vaqueros rotos, la consejera sexual se presentó ante las hermanas.

-Creo que estaban esperando una versión más mística, lamento decepcionarlas. Por cierto, me llamo Diana.

-Pues, sucede que en la ciudad se habla mucho de usted. Las mujeres le respetan mucho y dicen que no es tan sencillo tener un encuentro. Mi hermana y yo nos esperábamos una especie de oráculo. —Respondió Isabel con un poco de humor.

-No lo dudo, pero existen razones por ello. Me comentaron que querían hablar conmigo, supongo que es para entender un poco sobre Calixto. Aunque, si les soy sincera, yo aprendo cada vez más de este lugar. En fin, tengo algo de café y galletas, ¿les gustaría un poco?

Ambas asintieron y se prepararon para esa conversación tan necesaria y urgente. Al menos así lo sintió Mariana, quien tenía unas cuantas preguntas por hacer.

Tres tazas blancas de estilo moderno y un platito haciendo juego con galletas de chispas de chocolate quedaron sobre la mesa y frente a los ojos de las visitantes. Isabel se apresuró en tomar una y hacer un sorbo para aceptar la cortesía que le habían extendido.

Mariana, en cambio, se acomodó para esperar el momento idóneo para saber sobre su historia y el papel en la isla.

Diana tomó de nuevo la silla y se sentó, miró fijamente a Mariana porque algo le dijo que era ella quien buscaba las respuestas de las dos hermanas.

-Estoy dispuesta a responderles sus preguntas, pero creo que es mejor que comience a explicar algunas cosas. A ver, sé que hay gente que piensa que soy una figura mítica, una especie de bruja que se encierra en lo alto de la montaña y que no desea hablar con nadie, pero la realidad es un poco diferente. Lo cierto es que yo no soy la primera consejera sexual, he tenido predecesoras, mujeres que han entendido el papel del sexo y del amor y que han tratado de llevarlo a quienes viven aquí. De hecho, en esta casa, existen vestigios de lo que les digo: anotaciones, consejos y hasta pócimas. Cada consejera se ha valido de sus talentos para ayudar a otras en su búsqueda.

-¿Eso quiere decir que fue instruida por alguien cuando se hizo consejera de aquí? –Preguntó Isabel.

-Sí y no. Sé que la alcaldesa les ha dicho que Calixto llama a la gente que realmente quiere estar aquí y eso es muy cierto. Están aquí porque hay algo que las conecta a este lugar. Lo cierto es que llegué buscando un destino y me recibió una mujer encantadora y muy sabia. Ella, además, dejó toda su vida y su

131

familia para venir acá y encontrarse a sí misma. Hizo un enorme sacrificio y lo supo hasta el final.

Mariana comenzó a sentirse un poco afectada por lo que estaba escuchando. Al final, eso quiso decir que no estaba demasiado alejada de lo que había pensado en un principio, antes que toda la aventura siquiera comenzara.

-... Me dijo una vez que tenía la vida perfecta, una familia perfecta, pero llegó un punto en que se perdió a sí misma y quiso cambiar de rumbo. La idea se le incrustó en las neuronas y no descansó hasta que lo hizo llevada por el impulso y por la explosión de emociones. Eso significó dolor para los suyos e iluminación para ella. Tanto andar la trajo hasta aquí, donde encontró el significado de su vida en manos de otra consejera que le enseñó mucho. Ella luego lo haría conmigo.

Aún en silencio, Mariana fue incapaz de hablar. No podía. Sintió como si tuviera una especie de nudo en la garganta. Sin embargo, hizo un enorme esfuerzo y alzó la mirada para no perder la oportunidad de seguir en la conversación.

Cuando lo hizo, Isabel la notó afectada pero no quiso interrumpirla. Permaneció en silencio, observándola.

-¿Qué le enseñan a las mujeres? Hace poco visitamos a Lorena, una dueña de tienda que tiene tradición aquí. ¿Cuál es la conexión? —Mariana se animó en preguntar.

Diana la miró y comprendió en seguida lo que quiso decir:

-Pues, son consultas privadas y más profundas. Lorena contribuye con una parte esencial, sin duda. Pero en mi caso me baso en la creencia que tengo sobre las diosas y trato de transmitir la fuerza de mis conocimientos hacia ellas. La pasión de Afrodita y la estabilidad familiar de Juno, son dos elementos que la gente cree divorciados pero no lo son, viven, conviven entre sí. Cuando son jóvenes, les ayudo a que no tengan miedo de su deseo ni de sus amantes, les insto a que experimenten y lo hacen. Cuando son un poco mayores o maduras, les recuerdo que siguen siendo mujeres, seres humanos y que sus necesidades no deben ser desplazadas por nada ni nadie, aunque sean madres, aunque sean esposas. Son la misma persona al final del día y no deben olvidarse de ellos, un error que siempre ocurre. A ver... Déjenme mostrarles algo...

Diana se levantó de la mesa y se dispuso a buscar un bol de madera con una mezcla perfumada con jazmín, canela y cardamomo, mezclada con aceite de coco. El olor era potente, dulce y fuerte. Mariana e Isabel mostraron curiosidad cuando vieron la mezcla.

-Esto es un ungüento que le preparé a una chica. Las especias y las flores nos conectan con nuestras emociones primitivas. Además, se dice que esta mezcla era uno de los tratamientos favoritos de Afrodita. Permite el aflore de los sentimientos y de la confianza. Se aplica en el vientre y en las piernas ya que allí residen las sensaciones pasionales. Esta es una de las tantas cosas que hago: mezclas, cremas, terapias. El sexo y el amor están en mí y soy un instrumento de ellos para las demás, para que entiendan que somos una llama y que siempre debemos avivarla... Yo solo soy un canal en medio de todo esto.

Hubo un silencio por parte de las hermanas hasta que Mariana se atrevió a lanzar la siguiente pregunta:

-¿Recuerda cómo se llamaba su predecesora?

-Sí. Leonor. Pensar en ella es casi verla. Siento que la observo en este instante. Era valiente, aguerrida y reflexiva. No se arrepintió de nada salvo por sus hijas. Las dejó muy pequeñas porque sintió que tenía la obligación de buscar su propia esencia. Ese fue el precio que pagó.

-¿Qué pasó con ella? —Agregó Mariana.

-Murió hace unos cinco años. Fue diagnosticada con cáncer de páncreas. Estaba muy avanzado para siquiera hacer algún tratamiento. Pasó sus últimos días tratando de hacer lo que siempre quiso, ayudar a otras en hacerles entender que el camino de la plenitud sólo depende de ellas mismas. Cuando falleció, cumplimos con su voluntad: la cremamos y lanzamos sus cenizas al mar. Supongo que quería mantenerse libre hasta el final.

Mariana sintió que el mundo se le había caído encima y no pudo más. Las lágrimas comenzaron a salir profusamente mientras las palabras de Diana aún hicieron eco dentro de su mente. Isabel se sintió alarmada y confundida. No comprendió el dolor de su hermana.

Diana la miró y luego se levantó para buscar algo en una habitación. Salió con una carta en sus manos.

-Ella sabía que vendrían en un momento, por eso me dejó esto. Nunca desconfié de las palabras de Leonor y mucho menos con una petición como esta. Me alegra que por fin dieran con Calixto y pudieran encontrar un poco de iluminación.

Isabel arrugó la cara y tuvo la sensación de que algo extraño estaba pasando. No obstante, permaneció en silencio y esperó a que su hermana se incorporara. Luego llegaría el momento de las preguntas.

Diana se despidió de Mariana e Isabel en medio de la nostalgia y la tristeza.

-Ustedes tienen un vínculo importante con este lugar, forma parte de ustedes y de cada una de nosotras. No lo olviden.

Salieron de la casa y subieron al coche para emprender su regreso. Mariana estaba encerrada en el silencio más profundo. Su mente iba a mil por hora y además tenía el alma hecha trizas… Lo peor fue que se dio cuenta que tenía que llevarle esa noticia a su hermana. Leonor, la consejera de Calixto, mujer entregada a otras mujeres, era su madre biológica.

# 10. EL MOMENTO DE HABLAR

Isabel respetó en todo momento el silencio cerrado de su hermana. No dijo nada pero tenía una sensación de que la situación era mucho más grave de lo que parecía.

Al mismo tiempo, Mariana estaba reuniendo las fuerzas necesarias para comprender las palabras de Diana y de los efectos de esa gran verdad que permaneció dentro de su corazón por demasiado tiempo. Ahora lo tenía que compartir con su hermana.

En poco tiempo llegaron a la posada y a la habitación. Isabel permaneció en silencio aunque deseaba gritar a todo pulmón. Mariana dejó sus cosas sobre la cama y tomó la silla del pequeño escritorio que estaba allí. Se sentó y mantuvo hundida la cabeza hasta que alzó la mirada.

Los ojos de Isabel estaban rojos y húmedos, estaba a punto de llorar y ella lo supo. ¿Cómo no saberlo? La conocía muy bien.

-Hace un tiempo me enteré de algo que me descolocó por completo. Tanto que no lo pude creer de inmediato. Lo negué tantas veces que perdí la cuenta, pero encontré documentos que me confirmaron eso. Y bueno, supongo que tenía la esperanza de que todo fuera un sueño, pero no, no fue así. Tomó un poco de aire y luego continuó: Somos adoptadas, Isa y parte del motivo de este viaje era encontrar a nuestra madre biológica. Pero, como escuchaste, murió aquí.

En sus manos todavía estaba la carta que esa desconocida les había dejado. La miró por un momento y luego siguió con su historia.

-… Lo supe un día que visité a nuestra madre. La encontré hablando por teléfono, así que fui a su habitación a buscar no sé qué cosa. Entre sus pertenencias había una carta de una tal

Leonor que pedía que nos cuidara y que ellos hicieran lo posible para que no nos comunicáramos con ella. La verdad es que de esa época no recuerdo casi, prácticamente nada. De hecho, por muchos años pensé que todo había sido un sueño, esos flashes de esa mujer, de un hogar, de una vida que no lo fue más. Es difícil que sepas algo porque apenas eras una bebé. Te juro, Isa, que apenas lo supe quise correr y decírtelo, pero sabía que sería egoísta de mi parte, especialmente porque eres muy unida a ellos. No podía hacer eso. Así que me quedé en silencio y me guardé ese secreto tanto como pude.

Isabel cayó sobre la cama como si le hubieran quitado el aire. Todo comenzó a tener sentido dentro de su cabeza: la distancia de Mariana con respecto a sus padres, la ansiedad de embarcarse en un proyecto, el dolor de saber que esa mujer ya no estaba viva… Sintió una punzada porque su hermana no fue capaz de confiarle aquello, pero trató de entender el peso que tuvo que cargar.

-¿Cómo sabías que estaba aquí? –Dijo Isabel.

-Por mera casualidad, así como la vez que me enteré de que fuimos adoptadas. Una de las últimas correspondencias decía que estaba "en una isla cerca de la Polinesia Francesa" y nada más. Fue su última referencia. Después de allí, mi madre no recibió más noticias de ella, por lo que asumo que ese caso quedó             cerrado             para             siempre. –Respondió Mariana, un poco turbada.

Isabel sentía un poco de incredulidad pero entendió que quizás aquello formaba parte de un mecanismo de defensa. Así que siguió con la conversación.

-¿Qué dice la carta?

Mariana procedió a abrirla con cierto escepticismo. Pensó que sería una forma de cerrar un capítulo de una vez por todas. Así pues, desplegó la hoja con lentitud y se topó con un texto corto. La letra era redonda y legible. Al verla, sintió como su alma volvió a estremecerse:

> "Hijas, si leen esto quiere decir que Diana cumplió con su promesa. Eso me hace sentir un poco mejor y más cuando la enfermedad me ha consumido tan rápido. Tardé demasiado tiempo en decirles la razón por la cual tomé este rumbo, pero imagino que ya alguien se habrá ocupado de ello. Sólo puedo decir que el costo fue demasiado grande y lo hice llevada por un impulso más grande que yo.

> Sé que Isabel no recordará nada pero Mariana, a pesar de estar pequeña, sí. De pequeña diste muestras de una gran memoria, así que no dudo que aún cuentes con esa cualidad.

> Me alegra que hayan buscado las respuestas necesarias a todo esto, es confuso y lo mínimo que puedo hacer es comprenderlo.

> Lo único que les puedo decir es que deseo de verdad encuentren la razón y el motivo que las empuje hacia adelante. Que puedan hallar la fuerza que las lleve hacia donde deseen y que, sobre todo, no se arrepientan de sus decisiones. Sean valientes, decididas.

> Espero que en algún momento sepan comprender, pedirles perdón quizá sea algo demasiado arriesgado y hasta egoísta, por ello sólo desearía eso: su entendimiento.

> Quisiera decir más, pero el dolor y la debilidad me arrastran consigo, haciendo casi imposible que pueda mantener el pulso para escribir estas austeras palabras.

> Sean aventureras, intrépidas, que la vida se nos va en un chasquido".

Mariana e Isabel se quedaron en silencio. Pensaron que la misión de su madre era conocerse a sí misma y por eso emprendió ese viaje en el que renunció todo, incluso a ellas. Aunque esperaban un poco más de esclarecimiento, el misterio siguió prácticamente igual… Y seguiría así.

-Creo que entiendo por qué había gente que decía constantemente que esta isla llama a las personas indicadas. Tú y yo estamos conectadas a Calixto de una manera que jamás sospechamos. Es loco, ¿verdad? –Dijo Isabel, con la necesidad de romper esa tensión que la hacía sentirse incómoda.

-Sí, tienes razón. Y si te soy sincera, pensé que tendríamos una luz sobre esto, pero esta carta nos deja más o menos en el mismo lugar. Por otro lado, no me siento preparada para hacerles preguntas a nuestros padres. Al menos no por ahora. –Respondió Mariana, aún sumida en el trance.

-Por suerte, nosotras no estamos solas para pasar este trago amargo… -Se quedó callada un momento y luego miró a su hermana. –Me hubiera gustado que compartieras esto conmigo. Esta carga no es sólo tuya, es de las dos.

-Isa, -se apresuró en decir Mariana- como te dije, no me pareció correcto en ese momento. Quizás mi error fue ese, no haber sido sincera a tiempo. No quise hacerte daño, no de esta manera.

Volvieron a quedarse en silencio, ensimismadas en sus pensamientos y en el sonido del mar a lo lejos. A pesar de todo, estaban más tranquilas. Estaban en paz.

# 11. DESPEDIDA Y REGRESO

La confesión de Diana hizo que Mariana e Isabel desearan irse de Calixto con prontitud, pero lo cierto fue que no pudieron hacer el cometido por pedido de la alcaldesa y Lorena.

Mariana insistió en que debían regresar para comenzar la redacción; sin embargo, la petición fue tan convincente que ambas decidieron quedarse por un par de noches más.

-¡Estupendo! De hecho, mañana es la celebración de un ritual de una de las mujeres de la isla. Está próxima a casarse y creo que sería muy lindo que pudieran asistir, porque es una ocasión en donde todas nos reunimos alrededor a celebrar el amor y la unión en nombre de Juno. ¿Qué dicen?

Las hermanas asintieron ya que la hermandad de Calixto había sido una de las cosas más hermosas que habían conocido, así que le dieron una oportunidad para no perder la ocasión de ser testigos de un hecho muy importante.

Como la vez aquella, un gran número de mujeres se reunieron en la plaza para ir hacia la cueva en donde estaban las estatuas de Juno y Afrodita. A diferencia de esa primera vez, había un ambiente más festivo y no tan ceremonioso.

Lo cierto fue que caminaron en procesión bajo ese cielo estrellado y despejado. Mariana e Isabel se tomaron de las manos porque sintieron que estaban en una perfecta sintonía.

Llegaron al lugar y encontraron a la novia en medio de las dos estatuas de mármol. Se veía nerviosa pero también emocionada, sus ojos lucían muy abiertos y brillantes.

Después de que las asistentes tomaran asiento, Diana se apareció entre las sombras, con una enorme sonrisa y con un bol entre sus manos.

-Esta noche estamos para honrar el fuego de la pasión que

heredamos de Afrodita y la calidez de la vida familiar de Juno. Ungidas con esta mezcla, celebraremos el paso hacia una nueva etapa. Como hermanas te recordamos: no pierdas tu esencia, no pierdas el sentido de ti misma, sé fiel a ti, siempre.

Dejó el bol sobre una mesa y tomó parte de la mezcla para ungir a la mujer en la frente, manos y en el medio de los pechos.

La alcaldesa, quien estaba sentada junto a ellas, se acercó lentamente para decirles:

-Es una especie de preparación con aceite de coco, cúrcuma y otras especias que se desconocen porque la preparación es diferente para cada mujer.

Las hermanas asintieron sin perder de vista lo que estaba sucediendo frente a ellas. Entonces, tras la bendición de Diana, la chica fue revestida con un velo rojo con bordados dorados, acompañada de collares de flores perfumadas y de varillas de incienso. El aroma del ambiente era denso pero se ventilaba un poco gracias a la brisa marina.

Luego, un grupo de mujeres se levantaron de sus sillas para dirigirse hacia donde estaba la chica. Debido a la proximidad, Mariana asumió que eran familia. Estas procedieron a felicitarla y a abrazarla, algunas incluso lloraron un poco. De fondo, se escuchaba el sonido de suaves cánticos de quienes estaban allí.

Diana volvió a aparecer para colocarse cerca de la chica y dejar algunas ofrendas cerca de las estatuas. Los cánticos seguían mientras ella giró para hablarle al público.

-Nuestra hermana y amiga ya está lista para emprender un viaje maravilloso. Aquí hemos aprendido el arte de amar y complacer desde que nuestro cuerpo hace el llamado. Nos hemos dedicado a explorar nuestro ser para hallar esos puntos de entrega total. Todo esto nos lleva a sentirnos seguras y confiadas, capaces de sentirnos plenas en cualquier momento. Que el matrimonio o la pareja no nos impidan recordar eso.

El ritual terminó en un ambiente de franca comunidad. La chica recibió felicitaciones de amigas y de extrañas que se reunieron con ella. Esa imagen significó mucho para las hermanas. A pesar de la desilusión, el viaje no fue en vano.

Isabel se quedó impresionada por todo lo que aprendió en sus rutas de viaje y más en Calixto. Al ver entonces la emoción del matrimonio en los ojos de esa extraña, pensó de nuevo en Alonso. Se dio cuenta que ya no podía esconder más sus sentimientos y menos retrasarlos. En definitiva, quería estar con él y le importaba poco lo que pensaran los demás.

Mariana le tomó por el brazo y ambas se miraron con un poco de nostalgia. Se dieron cuenta que su viaje había llegado a su fin.

El resto de tiempo que pasaron en Calixto fue para hacer últimos recorridos, tomar fotos y preparar las maletas para el viaje de regreso. Acordaron que cenarían a la orilla de la playa para celebrar y darse un descanso de todo el trajín que tuvieron.

Mientras comían un abundante plato de ceviche, Mariana tomó un sorbo de cerveza y miró hacia el horizonte. Por un momento, dejó que sus ojos se perdieran entre el brillo del sol y en el cielo rojo del atardecer. Luego miró a su hermana quien todavía tenía los ojos llorosos por un trozo de picante que se había comido.

Rió un poco porque se dio cuenta de que su hermana seguía siendo la misma niña de siempre. Esperaba que nunca perdiera eso.

-¿Sabes? Siento que no pude haber tenido mejor compañera de viaje que tú. No lo dudé por ningún momento. Espero que podamos hacer más de esto. ¿Qué te parece?

Isabel se quedó un poco descolocada puesto que su hermana no solía decir esas cosas. Aun así, sonrió a pesar del dolor remanente de su boca, alzó la botella de cerveza y brindaron.

-Sé que todavía nos esperan muchas cosas más divertidas y emocionantes. —Dijo como frase final.

Esperaron a que terminara de ocultarse el sol y ambas regresaron hacia la posada. Caminaron por las calles de esa isla que había sido una especie de hogar en los últimos días. Recordaron que habían vivido situaciones que nunca pensaron.

El viaje le enseñó a Mariana que aprendería a decir las cosas con más soltura, mientras que Isabel comprendió que suprimir sus sentimientos era lo peor que podía hacer, así que regresaría para confesar su amor a Alonso. Se sintió como una tonta porque sentirse vulnerable no era lo mejor del mundo, pero tenía que hacerlo, tenía que atreverse.

En medio de la silenciosa noche, las dos se quedaron dormidas en esas camas cómodas. Al día siguiente, se despertaron por el canto de los pájaros y por el brillo de los rayos del sol que entraban en la habitación.

Bajaron a la recepción y la alcaldesa las estaba esperando con dulces y recuerdos para que se llevaran.

-Siempre, siempre serán bienvenidas. Espero que tengan un buen viaje y, por favor, regresen pronto.

Después de un rato, Mariana e Isabel ya estaban en el bote que las llevaría a Papeete para que de allí tomaran un vuelo a casa. Una de las cosas más curiosas fue el darse cuenta que la mujer que las había llevado, también sería la misma que las regresaría.

El sonido del motor mitigó un poco los pensamientos de Mariana. Estaba un poco más tranquila al darse cuenta que de alguna manera puso un punto final. De repente, se dio cuenta que la vista de Calixto se perdió en el horizonte, dejaron por fin ese lugar tan misterioso y particular, ese sitio donde las mujeres celebran su feminidad y el compañerismo. Por un momento deseó que las cosas fueran así para todas. Quizás esa realidad no estaba demasiado lejos.

El bote atracó en los puertos de Papeete tal como habían previsto. La mujer de vestido largo las ayudó a bajar y a cargar las maletas. Cuando se desocupó, les dijo:

-Espero que puedan regresar. Aquí todas somos bienvenidas. —Terminó la frase con un gesto de despedida y se subió de nuevo, dejándolas atrás con rapidez.

Mariana e Isabel se dieron cuenta que el sueño se había terminado, pero, aun así, querían regresar a casa.

Esa misma noche se quedaron en un motel para luego ir a casa en la mañana. Sería un día largo y lleno de conexiones, por lo que era necesaria una larga noche de descanso, pero no fue así para Mariana que no dejaba de pensar en ese guía con quien estuvo en la playa.

Se levantó de la cama por la falta de sueño y por los ronquidos de su hermana, quien parecía estar desparramada por la cama. Entonces fue hacia la ventana y se preguntó lo que estaría haciendo él. Quiso saber si él también estaba pensando en ella. Tuvo el impulso de aventurarse, pero no estaba demasiado segura.

Finalmente se hizo de día y ambas se prepararon para ir hacia el aeropuerto. Isabel sintió una especie de nervio en la espina porque despertó con un mensaje de Alonso.

-"Necesito verte. Te extraño".

Se sintió más segura que nunca de ir hacia donde estaba él y confesarle lo que sentía. No podía dejarlo atrás por más tiempo.

Ya en el avión, Mariana e Isabel miraron por la ventanilla y observaron el resplandor del agua de Papeete. La mañana estaba más hermosa que nunca y, a pesar de los pensamientos y agobios de cada quien, el panorama se pintaba más emocionante que nunca.

# 12. EPÍLOGO

-Supe de tu viaje y la verdad fue que ni lo podía creer, pero venga, eres Isabel, la tía más aguerrida que he conocido. Así que me quedé tranquilita hasta esperar que llegaras y que me cuentes de tu viaje.

La compañera de trabajo de Isabel estaba plantada en el asiento y sin la aparente posibilidad de irse pronto de allí. Tenía el rostro iluminado porque de verdad ansiaba escuchar sobre ese bronceado de muerte y sobre esas aventuras que prometían ser tan entretenidas.

Sin embargo, Isabel estaba ansiosa, más ansiosa que nunca porque estaba esperando a encontrarse con Alonso quien, por alguna razón, no llegaba a la oficina.

-Sí, sí. Claro que contaré todo, sólo que necesito un poco de tiempo porque tengo trabajo retrasado. Bueno, sabes cómo es, ¿no? –Respondió de la manera más amable que pudo.

Gracias a ello pudo sacudirse la obligación de tener a esa mujer en la oficina. Por lo que se concentraría en los nervios que estaba experimentando, algo que no podía explicar.

Se sentó en la silla e hizo el intento de mirar el monitor con concentración, incluso se colocó sus lentes para fingir que estaba embebida en lo que estaba haciendo, como si la vida se le fuera en ello.

Ciertamente se distrajo un poco hasta que, por el rabillo del ojo, percibió la presencia de Alonso. Alzó la mirada y lo confirmó. Estaba hablando por teléfono y parecía un poco ofuscado.

No pudo evitar sonreír ni suspirar, se veía tan bello como siempre. Esperó un rato más hasta que se levantó de la silla como si estuviera poseída por algo. Se arregló el cabello y miró que su maquillaje estuviera bien. Esperó unos segundos como si deseara tener la fuerza suficiente para salir de allí.

Cada paso lo sintió como algo sumamente importante. El corazón le latía con extrema fuerza y no pudo evitar pensar que el mejor plan era regresar y dejar las cosas de ese tamaño. Sin embargo, todo lo que había vivido le dejó como experiencia que no debía desaprovechar la oportunidad de confesar sus sentimientos, sin importar las consecuencias.

-Qué más da… -Se dijo a sí misma.

Atravesó entonces las filas y los cubículos, se topó con preguntas necias de su departamento y aquellas personas que se acercaban a ella. Justo en ese momento en el que deseaba expulsar todo lo que tenía en el pecho.

En ese momento, Alonso alzó la mirada y se encontraron con la mirada. Isabel sonrió y él hizo lo mismo. Después de eso, ella se sintió mucho más segura de su decisión. No quiso dar marcha atrás.

Por fin entró a su oficina y los dos se quedaron en silencio. Alonso hizo el gesto de que quería decir algo, pero por alguna razón no pudo hacerlo. Por un momento, Isabel olvidó que estaba en la oficina —o más bien mandó todo al carajo- y fue hacia los brazos de Alonso para tenerlo entre sí.

Lo apretó con todas sus fuerzas y se sintió como si por fin estuviera en casa. Él rodeó su cintura y se quedaron unidos por un largo rato. Por un instante sintieron las miradas de la gente y hasta el ligero sonido de los cuchicheos. Pero, para Isabel, todo aquello le daba igual.

-Te extrañé mucho. Fui una tonta al no escribirte antes, al no decirte nada. Es que soy muy torpe para esto, yo…

Alonso interrumpió el discurso mal hecho de Isabel para darle un beso en los labios. Sus bocas se unieron y ella sintió que estuvo a punto de despegar. Después de un rato, Isabel se apartó un poco y lo miró fijamente. Se concentró en los ojos detrás de esos lentes de pasta grueso y sonrió.

-Tengo mucho que decirte, pero por lo pronto va esto: quiero estar contigo, muero por estar contigo. No me importa nada ni nadie. Sólo tú. —Dijo con esa descarga de emoción.

Él le acarició el rostro con suavidad y la miró con ternura.

-Ya lo estamos, Isa.

Las manos de Isabel fueron hacia el rostro de Alonso para darle otro beso. De resto, la oficina parecía que estuvo a punto de caerse porque los enemigos jurados por fin se decidieron a estar juntos.

El sonido del tecleo constante de Mariana era señal de que estaba redactando las aventuras que hace poco había vivido con su hermana. Al empezar este trabajo, se dio cuenta que cruzó por muchas emociones, las cuales no pensó que sería capaz de vivir.

La búsqueda de los trucos amatorios de las mujeres y el afán de encontrar las respuestas relacionadas a su madre. Todo, entre conversaciones y frases sabias, y claro, junto a la compañía de su hermana.

Cuando se encerró para escribir, se estableció un plazo de entrega a un editor amigo de ella para que lo revisara. Por dentro, sentía la emoción de que el libro realmente sería un éxito. Deseaba que fuera así.

A medida que escribía, pensaba en la gente y en el amante que dejó en Papeete, también en la cobardía de no ir a por él. ¿En qué estaba pensando?

Los días transcurrieron así, hasta que un día se levantó con una idea alocada. Quiso ir a la isla para encontrarse con él, buscarlo y saber en qué terminarían las cosas. La verdad fue que ella no lo pensó demasiado, de hecho, en ese mismo momento abrió el buscador y se dispuso a planificar un viaje a la Polinesia Francesa.

Tras comprar el boleto, sintió que estaba haciendo una apuesta muy grande y arriesgada, pero no le importó demasiado. Esta vez tomaría el consejo que le dejó su madre.

Isabel se enteró del viaje de su hermana un día que recibió una nota de voz. Sonrió y se dio cuenta que su hermana debía buscar su propio camino, así como ella lo había hecho.

En el avión, Mariana estaba nerviosa y ansiosa, pero eso fue sólo el principio ya que ambas emociones se afianzaron en cuanto pisó Papeete. Buscó un hotel y se preparó lo más que pudo para encontrarse con ese guía.

Tras varias horas, se topó con él en una playa cercana. Él la miró con notable sorpresa, pero también con emoción. Ella, se acercó un poco hacia él y le dijo:

-Quería saber si querías cenar conmigo esta noche. —Sonrió con dulzura y nervios.

-Claro que sí, estaría encantado. Por cierto, me llamo Abel.

-Mi nombre es Mariana. Es un placer para mí, Abel. Espero que tengamos tiempo para conocernos mejor.

Se miraron fijamente mientras el sol se ocultaba en el horizonte. Sí, ciertamente el panorama se veía alentador.

## ~*Fin*~

# OTROS LIBROS:

## Ese Pervertido y Yo

Un extraño, para nada de su tipo, hace que Esther viva las experiencias más eróticas de su vida. Lo extraño es, que ese extraño, no es tan extraño como ella pensaba.

## Bellaka Plus

Julia, una mujer exitosa y adicta al sexo, acude a un reconocido psicólogo para solicitarle ayuda con un caso nunca antes visto en su carrera. A lo largo de la terapia, Julia descubre que la razón principal por la que ha acudido a consulta no es la única cosa de su vida que debe ser sanada. Mientras, su psicólogo descubre que tiene más implicaciones en el caso de su paciente de lo que inicialmente imaginó.

## Travesuras en el trabajo

¿Quién diría que hay tanto sexo a escondidas en lugares de trabajo? Margaret trabaja como editora de artículos de una revista. Cuando un compañero de trabajo le pide ayuda para seguirle la pista a un misterioso adinerado, Maggie tendrá que salir de la comodidad de su oficina y entrelazarse con una serie de situaciones y personajes, todos relacionados con un mundo sexual esotérico, tan abierto a los demás y tan inalcanzable para ella.

## Puta a los 40+

Luego de pasar 47 años bajo la sombra de un modelo de vida conservador que le obligaba a mantener celibato, y tras comenzar una vida nueva lejos de la presión familiar, Elena Casañas decide que es momento de comenzar a hacer las cosas diferentes. En el camino, se encuentra con nuevas formas de disfrutar de sí misma, forma lazos personales imborrables y descubre todas las cosas buenas que el sexo había estado preparando para ella. Pero, también se da cuenta de los choques personales que puede generar un cambio de paradigma, mientras todavía aprende a lidiar con lo que significa su nueva vida.

## Ponte en 4 y relax...

Una maestra de yoga tiene un talento especial para trabajar con problemas de amor. Pero ese talento le está causando problemas a nivel psicológico, romántico y sexual... quizás ya es muy tarde para resolver.

PERLA GIZEM

# PUTA Y PERFECTA

PERLA GIZEM

www.ingramcontent.com/pod-product-compliance
Lightning Source LLC
Chambersburg PA
CBHW072302130726
47910CB00012B/2416